網路小說
Novel@Net
161

夏日最後的祕密

明知終將要失去，
也要不顧一切地愛過這一回。

純愛小說暢銷作家 **晴菜** 著

我們站在教室門口，走廊上，所有人像被放學後的時光吸入似的，剩下我們兩人。
他傾身親吻我的額頭，那時候，我狂亂的心跳忽地靜止一秒，極致美好的瞬間，在那一秒輕輕凍結。
那是很「男朋友」式的親吻，宛若羽毛般的重量印了一下。
他的吻落在我額頭上的剎那，在時光洋流中，被一聲一聲的心跳凝住，彷彿成了一個永恆的畫面。

【序章】

我喜歡那傢伙很久了，兩年其實也不是眞的那麼久，不過，因爲是單戀，日子總是度日如年。

度日如年的日子，好像是從國三的運動會開始。那時，我沒有參加任何競賽，被抓去當醫護人員。雖然掛著紅色十字臂章，頂多也是做著倒倒開水、攙扶受傷同學的簡單工作。正是五月初的時序，天氣已經十分炎熱，許多同學手拿冰棒或飲料到處晃來晃去，不少人跟我一樣，並不是那麼專注在激烈的競賽上。

就算沒有下場運動，光是站在樹下，額頭也微微汗濕。我神遊的腦袋掛念著後天的地理小考，映在眼簾裡的兩千公尺接力賽只是一片亮得快要融化的光景，被熱氣蒸得搖晃不清，那是個很「夏天」的日子。

不知不覺，周遭的加油聲變大了，氣氛躁動起來。我回神，大家的焦點就在前方的紅土跑道。原本位居第三名的那個男生正在全力衝刺，既飛快又輕鬆地超越第二名，逐漸朝第一名的選手逼近。大概是他那張自信滿滿的面容，還有想要奪冠的強烈欲望感染了觀戰的人們，大家開始幫他加油。我看著他熠熠發亮的眉宇，著了迷。

「加油……」

我情不自禁出聲為不認識的人加油，聲音還在咽喉回蕩之際，那個奔跑的身影突然跌倒了！

他按著胸口，在地上滾了一圈便蜷曲倒在跑道上。後頭的選手一個接著一個超越他，而他依然沒有站起來，就在距離終點不到十公尺的地方。

我嚇著的心懸在半空中，直到附近的老師趕到他身邊，搖搖他，他才從短暫的昏迷中清醒，卻沒有多少力氣。架著他退場的老師見到我左手上的臂章，對我下令，「妳過來幫忙。」

接下來一團亂，他班上同學紛紛闖進保健室，你一言我一語地關心狀況。他卻轉過去背向他們說：「我沒怎樣啦！」

他看起來不太想理人，老師也下了「大概是中暑」的結論，於是喋喋不休的同學們便識趣地離開。其中有一位自始至終一直很安靜的男生，在離開前朝我看了一眼，他有一雙聰明而冷漠的眼睛，跟他朋友方才在跑道上那熱情如火的眼神恰恰相反。他走了之後，整間保健室剩下我笨拙的手遍尋不著優碘的碰撞聲。

我有些緊張，不是因為今天特別注意他的關係，而是這位同學才剛剛痛失奪冠的機會，一定很難受吧！我最不會面對需要安慰的人了，「如果沒有跌倒，你們班一定拿第一」這種無濟於事的話我絕不可能對他說。我知道，再多體恤的言語都像是大家約好的台詞，一遍又一遍地說著，聽多，就麻木了。

幸好他依舊面向骯髒的牆壁，我們之間就算維持一片死寂也不算太奇怪。

這個男生體格偏瘦，手腳修長。由於穿著無袖運動服，肩胛骨的形狀看得一清二楚，不知怎麼，從背部看上去挺性感的。

優碘將他擦破皮的皮膚染成俗氣的紫色，左一處，右一處，都不是太嚴重的傷口。儘管如此，當我用棉花棒爲他擦拭的時候，他還是不自禁瑟縮一下。

很痛吧！我也常常希望自己是溫柔靈巧的女生，那樣就會更討人喜歡了。熱鬧的田徑場上，各項比賽趕行程般地進行下去，隔了一扇窗的保健室和那裡好像是兩個不同的世界。或許是因爲這個念頭，我覺得現在躺在床上的他有點孤單可憐，想陪伴他一會兒。

無聲的陪伴中，環繞在他身邊的氣息從原本的激動憤怒漸漸地平靜下來，像是急流來到了平緩溪谷，潺潺流著。

只是他還不願意轉過身來。

「黃老師有煮麥茶，冰冰的很好喝喔！要喝嗎？」

我提起勇氣，聽著不像自己的生澀聲音，盯住他始終面對我的背影，五秒鐘過去，沒有得到答案。

我低下頭，踢踢白襪配著白色運動鞋的雙腳，我沒有說錯呀！黃老師煮的麥茶眞的很香，夏天冰冰的喝，好喝極了。我起身走到小冰箱前，拿出一壺黃老師煮好的麥茶，為自己倒了半杯，然後坐在角落的椅子一面喝，一面欣賞窗外的夏日。我喜歡光的粒子在空氣間、在窗櫺間、在外面老榕樹的綠蔭間飛舞的姿態，「時間」在這時候流動得特別慢，慢得能夠捕捉到什麼蹤跡一般，常常讓我看到發呆。

我還是幫他倒好一杯麥茶，把玻璃杯擱在床邊櫃子，發覺那個男生整個人更沉靜，全身放得很鬆很鬆。

「還活著嗎？」我躡手躡腳靠近床舖，他性感的背部隨著呼吸安穩又規律地起伏，好似睡熟了。我咕噥了一聲，「什麼嘛！」

剛剛還那麼生氣懊惱，居然躺著躺著就睡著了，太隨性了吧！

我頭一次那麼近看睡著的男孩子，他輕握的手擱在微張的嘴邊，睫毛光影覆在毫無防備的臉龐上，輕輕顫動，好幸福的樣子，是做了什麼夢吧？希望他夢到自己拔足狂奔，一路奔向終點。

我盡可能不製造出一丁點噪音，準備出去向老師報告傷口已經處理完畢。

才踏出門口，有個不認識的女生衝進來，她透著髮雕香氣的捲髮拍過我臉龐，直奔床舖方向。

「立堯！我聽說你被送來保健室……」

那男生被嚇得跳起來，而我連女生的長相也沒看清楚便走出去。後來湘榆找我聊天，抱怨起上次那個討厭的自戀男死纏著要家裡電話，她又如何巧妙打發他，這一講就講了一個鐘頭。

等我再次回到保健室，那個男生早就不見人影，可是，玻璃杯裡的麥茶也不在了，只留下冰涼的杯壁上一小顆一小顆的水珠，和一張立在旁邊的紙條。

上面寫著「謝謝」。

我佇立在門口，靜靜觀望那只空的玻璃杯，上面凝結出來的水滴像發光的鑽石，在夏季日光下一亮一亮，好美麗！

杯子空了，我的胸口卻是滿的。

那是我和他相遇的情景，什麼特別的事都沒有發生，甚至連交談也稱不上，他未曾親眼見過我，坦白說，那一天我對他也沒有太強烈的感受。

之後在學校偶爾會遇見他，發現他真的不記得我，或者說他從頭到尾都不知道在保健室照顧過他的人是誰。即使一度和他那雙愛笑的眼睛四目交接，最後他也無動於衷地別開，繼續和身旁朋友講話，我們仍舊是陌生人的關係。

然而，直到我發現每天愈來愈期待下一次和他不期而遇的日子，直到自己已經習慣在校園搜尋他的身影，直到就算不用明察暗訪也能默唸出他的名字，我才明白，在那個炎炎夏日，「喜歡他」已經成爲我的祕密。

【第一章　祕密】

好久好久都不曾想起那段往事了，沒想到所有的畫面竟歷歷如昨。那個充滿綠意的窗口好鮮明，甚至閉上眼，都感覺到自己也被染成蒼蒼綠色。

還拿著茶杯的手騰在半空中，我有些不能適應回憶造成的錯置感覺。

之前有點緊張，所以我爲自己倒了一杯茶水，一喝才發現裡面裝的是麥茶。大概是因爲麥茶的關係讓我想起過去的事，彷彿自己還是那個佇立在保健室門口的女孩。周圍一同等待面試的男女有的閉目養神、有的不停翻書、有的在玩手機，應該沒有人像我這麼恍神的吧！

我坐回原來座位，雙手捧著微微變軟的紙杯，繼續回想當年在保健室喝過的那杯麥茶的味道。那之後沒再喝過那麼好喝的麥茶了，也許是記憶把它美化了也說不定，也許，是因爲初戀的感覺一生就那麼一次而已。

到底幾年了啊……我認眞屈指數算，六年了嗎？時間過得好快，不過，再飛快的時光似乎也不能把思念的情感沖刷遠走。那個人還在，在我每一次回眸的視線盡頭，溫柔、透明地看著我。

多年後，夏季的豔陽依然毒辣。走出辦公大樓，熱浪直撲而來。沿著擱在額頭遮陽的手心往前望去，一個既眼熟又陌生的身影意外地映入眼簾。我放開手朝他奔去，途中因爲高跟鞋而踉蹌一下，剛好被他的手穩穩接住。他放開我的手肘，不以爲然地蹙起眉心。

「等我一下。」

我脫掉礙腳的高跟鞋，從大包包拿出用塑膠袋裝好的帆布鞋，換穿上去，覺得暢快許多。

他快速環顧四周，爲我當街的換鞋動作感到些許尷尬，隨後見到我輕鬆的笑容，才沒轍地諷刺，「妳的淑女只能保持到面試結束嗎？」

「那已經是極限了。」我瞥了他深藍色的西裝一眼，暗暗藏起訝異，「第一次看你穿這麼正式，好像陌生人。」

是我吝於讚美才沒有告訴他，他這麼穿眞是帥氣穩重！

程硯朝另一棟大樓揚個下巴。「跟我同事出來找客戶，想到妳面試的地點好像在附近，就過來看看。怎麼樣？」

「什麼怎麼樣？」

「面試。」

有那麼一秒鐘我很想跟他說，在面試前一刻我忽然想起從前的片段，想起從前那個人……不過，還是把話收了回去。

「不知道。」

「多少有個底吧？」

「我跟你不一樣，你是資優生，想進哪家公司都能心想事成。」我住嘴，意識到自己酸溜溜的語氣，於是趕緊轉移話題。「對了！你不會那麼無聊只是想看我面試怎麼樣而已吧？」

程硯停頓半晌，他鮮少會有猶豫的時候。他拿出一張裝在信封裡的卡片，遞給我，用他聽不出特別情緒的聲音說：「高中同學會的邀請函，秦湘榆知道我們住得近，要我交給妳。」

「是湘榆主辦的嗎？對喔！上次在電話裡好像聽她提過。」

起初，「同學會」這件事讓我很興奮，腦海自動浮現高中時代那群同學們的臉孔。然後，他的笑容也一閃而過，畫面便止靜了。

程硯注意到我失落的表情，輕輕落下一句話，「邀請函沒有給那傢伙喔！」

我怔一怔，他的眼神跟當年在保健室的時候一樣，聰明而冷漠地，看穿了我。

「沒有人知道他的通訊資料。」程硯又補上一句。

「我知道。」我頑強迎視他，想讓他明瞭我早已擺脫相思之苦，那畢竟是少不經事的戀情。我現在很好，而且很期待沒有那個人的同學會喔。「你會參加嗎？這是畢業後第一次的同學會耶！」

「我載妳去吧！晚一點再約。」

他看見他走出便利商店的同事，簡單向我告別。在人來人往的街頭目送程硯的背影，他那過分成熟的社會人士的背影，彷彿一股不可抗力般地帶走了什麼。時光荏苒，二十四歲的程硯，就連身為好友的他，也不再提起十八歲的顏立堯了。

✧

國中畢業後，我一如所料地升上一如所料的高中，沒什麼太大變化，唯一的變化是我剪去原來的一頭長髮。湘榆一見到我的新樣貌哇哇叫個不停，她氣我不能繼續跟她組成「長髮美女二人組」。

「太麻煩了嘛！我討厭每天都要綁頭髮。」

湘榆不會懂的，手指滑過又軟又俐落的髮絲，那份觸感我莫名喜歡。

「那就不要綁呀！長髮飄逸，多好！」

湘榆故意在我面前搔首弄姿。經過一個暑假，她的身材轉變得更玲瓏有致。湘榆個性外放，這樣的女生再來個烏溜溜的秀髮簡直無懈可擊，才剛來到新班級，馬上就有不少男生私下討論她。

不過，如同班上有個搶眼的女生，一定也會有超人氣的男生，只是大家窸窸窣窣地說著，我聽不清楚那個名字，或是兩個名字……

我乖乖任由湘榆把玩我的短髮，試著適應高中生涯的第一天。暑假雖已過去，這天仍是個很「夏天」的日子，教室天花板的風扇不停轉動，看不見的氣旋讓我的髮絲習習飄浮起來，就像開學第一天的心情，怎麼也沉靜不下來。我抬高眼簾，微風把一個夢境般的身影送進視野，吵吵鬧鬧的班級驀然間抽離遠去了，只有此刻走進教室的人影愈加放大，就像走進我心裡頭那樣！

顏立堯……是顏立堯！他也在這一班……哇！我們同班呢！我快速別過頭，不敢相信這個好運。原來幻想的次數多了，有一天也會美夢成眞嗎？

認識他的女生偷偷騷動，看來他就是大家掛在嘴邊的人氣王。在他身旁那個酷酷的男生也不遑多讓，是顏立堯打從國小時代的死黨，名叫程硯，經常能在校園裡見到他們形影不離的蹤影。聽說，他們的個性南轅北轍，卻意外地要好。

「那男生滿帥的嘛！」坐在我桌上的湘榆目不轉睛盯著顏立堯，習慣性地評量起來，

「應該說，笑起來很好看！」

嗯！眞的很好看喔！他就連微微笑的時候眼睛也會彎成橋，很少男生會笑得那麼天眞無邪呢！

我迫不及待想回應湘榆，不過，今天太興奮了，根本說不出話，只能猛然抱住一頭霧水的湘榆，伏在她肩頭傻笑。

「我叫蘇明儀，媽媽很早就過世了，家裡有爸爸和一個哥哥。」

從什麼時候開始呢？每當自我介紹，我習慣先聲明來自單親家庭。看著底下亮起一堆異樣眼光，總比事後聽見有人在背後竊竊私語來得好。湘榆老罵我笨，她說這樣會把男生嚇跑，保持一點神祕感才是王道。不過，我就是討厭別人私底下猜來猜去嘛！

這時，我看見坐在靠窗位置的顏立堯撐著下巴，聽完我的自我介紹時，他明亮的眼睛閃過一絲好玩興味。他沒有把我當作缺少了什麼的怪物看，單純覺得千篇一律的內容中這樣的說法很新鮮似的。

眞正和顏立堯同班後，才發現實際的他和想像中的他不太一樣。遇到不想做的差事他會賴皮，回答別人正經的問題時態度吊兒郎當，卻超有號召力的。這種人只要下課時間拿出球，班上所有的人都會跟著他一起出去玩，差不多可以這麼形容。

話又說回來，顏立堯一直都是顏立堯，他沒變，變的是我認識他的方式。

開學第一天得選出幹部，我被拱出來做風紀股長，只因為國二時當過，就好像這職位非我莫屬似的。

風紀股長一點都不可愛。

「上課了，不要講話！」

那還算是好的，有時候大家哇啦哇啦玩過頭，把我惹毛了，我甚至會急起來大叫。

「閉嘴啦！」

除了得不顧形象管理班上秩序之外，最令我困擾的是午休時間必須點名，缺席的情況太嚴重會被教官唸，偏偏顏立堯就是最大的禍首。

他常常和女朋友在午休時間約會。是啊！他有女朋友，國中時就知道了，就是那位闖進保健室時捲髮還在我臉上甩了一記的女孩。

他們很公開，出雙入對，老是在午休時間約在福利社後面的樹下見面。顏立堯很保護他的女朋友，從不在大家面前談論她的事，連合拍的大頭貼也不給看。他說人都是膚淺的，喜歡從膚淺的角度評論別人。因為顏立堯說的這句話，我不禁嫉妒著那位他話裡的女孩子。

如果班上的午休缺席紀錄太多，我便不得不跑去福利社後面逮人。真不願意做這件差事，那害我變成一顆超級閃亮的電燈泡。但是我更不願意被教官碎碎唸個沒完，教官一激動很容易噴口水，亂噁心的。

「顏立堯！」基於身爲風紀的身分，我會凶巴巴連名帶姓地叫他。

由於我總是來壞好事，所以他女朋友從沒給我好臉色看，倒是顏立堯，他似乎並不討厭我來打擾，見到我便嘻皮笑臉。

他和他女朋友告別時，會在她額頭上輕輕親吻一下，宛如一襲春風印了上去。

我總是在他們約會的祕密基地被迫看著那個吻，然後默默和他並肩回教室，聽著我們兩人不一致的腳步聲一起穿越午後寧靜的校園。

這天，他沒來由一反往常地出聲叫我。

「喂！風紀。」

因爲常常凶他，印象中他沒叫過我的名字。

「幹麼？」

「妳老是要從教室跑到福利社這邊，很遠耶，不累嗎？」

嘖！你以爲是誰害的呀？我不想回答這個白痴問題，繼續快步往前走。

「今天是第五十次喔！」他也繼續在我身後說。

「啊？」

「今天是妳第五十次過來抓我回去。」

我回頭，撞見他滿臉清爽的笑意。

「哪、哪有人在算這個的？」

不會有人無聊到這種程度吧？

「妳不覺得很了不起嗎？五十次耶！」他逕自在一台販賣機前停下來，悠悠哉哉把銅板投進去，「應該要好好慶祝。」

這種事有什麼好慶祝的？說到底，那等於是我看了他親吻女朋友五十次。啊！現在不是想這個的時候！

我正想制止他買飲料，臉頰卻被可樂冰了一下！

「哪！給妳，慶祝第五十次。」

他給了我一罐，自己留著一罐。我按住涼涼的臉頰，感覺紅暈在手心下呼之欲出。

「你該不會……只是想趁午休時間偷喝飲料吧？」

「亂說。不管是多小的事，值得紀念的事愈多，妳不覺得活得更有意義嗎？」

他說這句話的時候，十分認眞地注視手上的拉環，不像開玩笑。等拉環一拉開，白色水汽從瓶口湧出，顏立堯又恢復無憂無慮的笑臉，拿他的可樂朝我的可樂撞過來。

「乾杯！蘇明儀，第五十一次也請多多指教。」

我不是很愛喝可樂，也不贊成利用午休時間和他乾杯，更想罵他還敢提第五十一次……不過，顏立堯說得沒錯，不管是多小的事，只要值得紀念，就會覺得生命有了意義。

今天，他第一次叫我的名字。意外地好聽。

顏立堯安分了一陣子，與其說他沒再和女朋友在午休時約會，倒不如說他們最近不常碰面。在他身邊的總是死黨程硯，顏立堯在班上帶頭作亂時，程硯則是不動如山，書不離手，天塌下來也不干他的事。

這一次，我好不容易擺平吵翻天的男生，聲音都快啞了。

「明儀，妳也眞辛苦。」

「男生好幼稚喔！下次妳直接列一張黑名單，交給導師啦！」

圍在我桌子旁的女生你一言我一語唾棄起男生，甚至口是心非地抱怨顏立堯害班上評比被扣分。

「妳一定很氣他喔？」

不知道是誰隨便丟這個問題給我，我沒有回答，就是瞪著顏立堯沒規沒矩地坐在桌上，看著漫畫哈哈大笑。上課鐘已經敲下了，還敢笑得這麼狂妄，再五秒鐘我就要準備罵人了。

風紀身分的我，確實視他爲心頭大患，所以從沒對他客氣過。那麼，不是風紀身分的我呢？

只是一個傻女孩罷了。

那天他請我喝的可樂罐子被我洗乾淨，留起來了，擺在我的書桌上，小小的日光燈下，書讀到一半，再看看紅色瓶身，隱約能見到他說「乾杯」時的笑容，也能聽見他叫「蘇明儀」的低低嗓音。

與其讓大家知道我這笨蛋行徑，還寧願讓他們以為我討厭他。我是不是也很卑鄙呢？

「下雨了耶！」

毛毛雨在放學鐘聲一敲才落下，每天走路上下學的湘榆和我無計可施地站在穿堂打量雨勢，雖說不大，但走到家還是會弄得一身濕吧！

看著幾位有先見之明的同學陸續撐傘離開學校，湘榆下定決心，拿出零錢包，準備去打公共電話。

「好！叫妳哥來吧！」

「啊？什麼？」我驚恐地壓下她的零錢包。

「我記得妳哥今天沒課吧！叫他開車來接我們。」

她開始拿話筒，我又再度出手制止。

「不要啦！再等一下雨可能就停了。」

湘榆的手扠在她的小蠻腰上，風情萬種地教訓人，「夠了喔！那是妳哥，又不是外人，客氣什麼？」

「也不是客氣……不必那麼麻煩呀！」

「不會麻煩啦！蘇仲凱敢嫌麻煩試試看。」

湘榆推開我的手，執意要打電話。湘榆不曉得我很羨慕她，她會耍脾氣、使任性，比我更像蘇仲凱的家人。

「喔？妳們沒帶傘？」

第三者的聲音從旁邊超過，在我們面前打住，他爽朗的面容在陰雨天氣不減一分亮度，連同我的視野一起照得閃耀！顏立堯想也不想便遞出他手上的藍色雨傘。

「拿去用吧！」

「謝啦！」經常受到仰慕者關照的湘榆也不客氣地接過來，還不忘虧他，「你該不會是想和女朋友共撐一把傘吧！」

「哈哈！今天pass！」

他離開前朝我望了一眼，相當和善的眼神。儘管我老是對他凶巴巴，他卻親切如昔。顏立堯用手遮在頭上，衝入細雨中，淋雨對他來說是小事一樁似的！眞不妙，他連簡單的小動作，都叫我捨不得移開視線。

「妳幹麼都不說話？」湘榆推推我。

「嗯？該說什麼？」

「隨便，妳平常沒這麼自閉呀！」

「反正妳都道謝過了……」

「妳當他是死對頭嗎？不過，我今天對他改觀囉！他滿紳士的，而且也不再蹺午休了，妳就別生氣了嘛！」

「我沒有啊！」

我淡薄地否認，跟湘榆說「我拿吧」，便不著痕跡接過顏立堯的傘。傘的握把殘留些許溫度，我寧願相信那是顏立堯留下的。握著那份快要消逝的體溫，就像和他牽手一樣。

好景不常。

又過了幾天，某個午後，大家都趴在桌上午睡，好乖！我很滿意，準備去輔導室黑板寫下零缺席的優良紀錄，可是下一秒硬是被我發現一個空出來的座位，非常明顯！

這……湘榆明明才誇獎過他的安分而已！

可惡！顏、立、堯！下課不行嗎？放學不行嗎？難道非得在午休見女朋友不可？

當我氣急敗壞地衝出教室時，並不曉得其實不會有那第五十一次。

啪！

好響亮的聲音擋住我！回過神，顏立堯的臉已經狠狠挨上一記。我看呆了，那可是生平頭一次見識到呼巴掌的鏡頭。

他別著頭，雙手垂在身體兩旁，沒有去看激動得發抖的女朋友。

「你才沒有資格說我自私！」

女生用盡全身力氣喊完，馬上掉頭離開。她發現我的當下嚇一跳，接著惱羞成怒地從我身旁跑走，捲捲的髮尾照樣打在我臉上，好痛。

只是現在痛的地方……有一半在胸口。

顏立堯沉鬱的目光守著自己球鞋，動也不動，連地上青草都比他來得有生氣。

原來他也會有那種心灰意冷的神情，一點也不像顏立堯。

「啊！」他對上站在樹下的我，臉上的陰霾迅速煙消雲散，反而搔著頭笑出來。「糗了，被妳看到那麼慘烈的情況。」

顏立堯乾淨的左臉頰浮現淡淡的紅，十分突兀，如果附近有販賣機，我也會買罐飲料幫他的臉冰鎮一下。但是販賣機在很遠的地方，因此我只能注視著他強顏歡笑的臉，替他心疼。

「拜託，千萬不要告訴別人。」

他將豎起的食指放在嘴邊，笑嘻嘻地對我眨眼。而我應該露出憐憫的表情，或是安慰幾句同情他的話？

「顏……顏立堯。」

都不對。我抱緊點名簿，老實說，他被甩巴掌的剎那，我暗暗地、暗暗地感到一陣痛快。

「現在是午休，請你跟我回教室。」

我想，全世界只有我知道，我喜歡顏立堯這個人。

——明明應該要對你更溫柔體貼，卻偏偏以許多的「不在乎」來掩飾關心的心情。我想，這是因為喜歡你，是個天大的祕密吧！

【第二章　暗戀】

室友Sandy在客廳桌前上網，見我回來，頭也不抬，「面試怎麼樣？」

「嗯……」我先把拎在手上的高跟鞋塞進鞋櫃深處，再脫掉雙腳上的帆布鞋。「那裡的麥茶很好喝。」

「誰管麥茶呀！到底怎麼樣？」

「啊！對了！我遇到程硯呢！」我踢掉還有一半掛在腳尖的鞋子，單腳跳進鋪著木頭地板的客廳。

「程硯？喔……上次妳重感冒，送妳去醫院的那個？他還是一樣酷嗎？」

「哈哈！一路走來始終如一。」我把同學會的邀請卡從包包拿出來，上面寫有一看就知道是湘榆口吻的內容，叫人懷念得想哭。「時間過得好快喔！上次見到他已經是兩個月前的事了，這次我們會一起去同學會。」

「他也眞有心。」

「什麼有心？」我走進房間，開始脫掉身上穿不到五次的套裝。

「雖然你們不是很常聯絡，不過，還是一直保持聯絡不是嗎？以他那麼『冷』的人來說，算是很難得了，簡直就像……他在代替妳那個高中時的男朋友照顧妳一樣。」

我打住將上衣拉出頭部的動作，在棉質布料的包覆中花了幾秒鐘來適應。原來，還是會不習慣啊！當大家漸漸不再在我面前提起顏立堯之後，Sandy這個外人毫不忌諱地將他拉回日常對話裡，用一種「這不過是段往事」的態度。

「不要亂說啦！我早就被甩了，跟程硯沒有關係，只是因爲我們住得近，所以會彼此照顧。」

「喔！原來妳是被甩的呀？」

我走出房間，Sandy的小眼睛還難分難捨地盯住筆電螢幕，沒有離開片刻。她比我年長三四歲，在附近一家醫院當護士，沒工作的時間就是名符其實的宅女。其實她和程硯在某些地方滿相像的，他們都相當理性，幾乎到了冷漠的程度，Sandy曾經對她的前男友說：「我不是因爲有愛心才當護士，是因爲覺得這份工作適合我，這樣不行嗎？」

或許是因爲如此，和她當室友，感覺分外親切。

「應該是被甩了。」我微微一笑。

「偶爾看看星星吧！我覺得我很像，很像星星。」

顏立堯在臨別前一段漫長的沉默過後忽然那麼說，說的時候臉上帶著淺淺的笑意和無奈，似乎在爲著他和星星相像這件事感到無奈。自從在那個月台分手，從此再也沒有顏立堯的消息，任何人都沒有，他就好像從人間蒸發一樣。

「既然確定被甩了，不如和那個程硯在一起吧？」

我一愣，看看打字打得劈里啪啦響的Sandy，覺得好像我問她「晚餐吃了嗎」，然後她回答「是啊！印尼又大地震了」，類似這樣無厘頭的感覺。

「我和程硯不是那個關係啦！更何況……」

「更何況怎樣？」

我沒來由想起程硯看我的方式，總是心無旁騖得深入透澈，讓人很……動心。

「……他又沒說喜歡我。」

Sandy終於稍稍停下手，面無表情的目光朝我掃來，「一定要說喜歡，妳才會知道嗎？」

就算我不說，顏立堯和女朋友分手的消息也神奇地不脛而走，班上沸沸揚揚討論著這件事，還出現許多誇張到和連續劇有得拚的版本。顏立堯本人倒是不以爲意，甚至得意洋洋地將「舊的不去，新的不來」掛在嘴邊。

他的行徑比以前瘋，簡直是豁出去那樣的瘋狂，因此我這風紀的工作居然比他和女朋友分手前那段日子還要累。

等我慢了半拍終於領悟到不會再有所謂的「第五十一次」，竟莫名其妙地懷念從前勞心勞力去福利社後面逮人的光景。

那個被我私心收藏起來的可樂罐子成爲那段時光的絕響。一想到這裡便不由得感傷，我在一次下課時間獨自走到福利社後面，想再回味一下那裡特有的寧靜，穿過葉縫的隱形光束，還有樹木和青草混融在一起的芬芳氣味。在那裡，光線呀、草木啦，和那宛如兩張紙片穿梭其中的小白蝶，都像是另一個星球上的生物那般獨特。

才走近，卻發現已經有人先我一步來到這裡，哇！是顏立堯！

起初，我不知所措地想退出去，但坐在樹下的他顯得格外安靜。好動如他，也有靜靜凝視天空的時候啊……

他面對天空一會兒，又低頭看看自己的手，無意義地動動修長的手指。沉澱下來的顏立堯彷彿變成另一個人，是其他星球上的人，有些遙遠。他凝視某個地方的側臉，看久了，讓我覺得有點……揪心。

忽然，他轉過頭，我則尷尬地杵在原地，正躊躇到底該留下或是離開之際，顏立堯大方地邀請，「坐呀！」

我咬咬嘴唇，不自然地來到距離他一公尺的位置坐下。他見我盤腿而坐，雙手壓在裙襬上，有一點吃驚。

「妳不怕曝光喔？」

「你又看不到。」

「……妳幹麼坐那麼遠？」

「……不爲什麼。」

他不知道，才稍微靠近一點，我就快不能呼吸了，他好像太陽，在他身邊會馬上融化一樣。

顏立堯沒得到我善意的答案，便不再追根究柢，他學我盤起腿，故作俏皮地問：「妳怎麼來這裡？」

「……有東西忘在這裡。」

「是喔？是什麼東西？」

他作勢準備幫我找。有一片枯草的葉飛進我的裙襬凹槽中，它是那麼安適地躺在百褶裙縫的隙間，而我的心也留在這裡了，誰都帶不走。

「算了，沒找到也不會怎麼樣。」

顏立堯聽我這麼說，長長吐出一口氣，「妳這麼看得開，眞好呀！但是我想我啊……」

「嗯？」

「我大概不會再交女朋友了吧！」

什麼？

「你也不必……因噎廢食吧！」

我覺得我該說點什麼，只是沒料到會是這麼怪里怪氣的話！顏立堯噗嗤笑出聲，笑得我臉紅。爲什麼在他面前我總是會變笨呢？

「我不是笑妳喔！只是覺得明明是我那麼煩惱的事，被妳一說，就好像沒那麼嚴重了。」

煩惱？爲什麼不是「傷心」？難道他不是因爲傷心才來這裡的？

我望著他分不清是不是強顏歡笑的臉，希望他能再爲了某個人而笑得很幸福，即使那個女孩不是我。我喃喃地告訴他，「放心吧！失戀雖然痛苦，但是要再喜歡上一個人，並不是辦不到的事。」

然後，顏立堯嘴角上揚的角度緩緩消失，一會兒，才垂下頭，跟洩氣的皮球一樣，坦然的臉龐掠過一道苦苦的笑。

「那樣就麻煩了。」

眞的被傷得這麼重嗎？連喜歡下一個女孩的可能性都不考慮？你不要那麼早放棄啦！

「不麻煩啊！找個……一點都不麻煩的女生不就好了？」

說完，他怔怔看著我，我也怔怔地看著他。咦？到底什麼叫不麻煩的女生？

「哈哈哈……蘇明儀，妳眞的很樂天派耶！平常根本看不出妳是這種人。」

聽不出是褒是貶，我悻悻然回話，「我也有煩惱的事啊！」

「比如什麼？」

我扳起手指頭數算給他聽，「比如，最近老是睡不好，兩顆痘痘快冒出來了。星期天和湘榆約好去逛街，可是那天好像會下雨。以後遇到幹部選舉，都被選上當風紀股長會很傷腦筋耶。還有，每年學校發的母親節康乃馨，都不知道該拿它怎麼辦……」

我頓頓，撞見他一副不曉得該怎麼接話的表情，連忙不好意思地圓場，「我好像說了很掃興的話喔？我只是很認眞地清點我的煩惱，沒有別的意思。」

顏立堯點點頭，再度面向天空，我們沉默片刻，他突然冒出一個問題。

「妳媽媽……是生病過世的嗎？」

我搖頭。

「車禍？」

我還是搖頭。

「那是爲什麼？」

「聽說是難產。」我無奈地扯扯嘴角，「把我生下來之後，流血不止。換句話說，如果媽媽當初沒有生下我，就不會死了。」

鐘聲響了，我們兩人不約而同地看教室方向。顏立堯先站起身，拍拍褲子，往前走了幾步，像是想到什麼而停住，回頭。

「對我來說，如果妳媽媽沒有把妳生下來，今天就不會有人來安慰我了，是不是？」

我緊抿著唇，雖然想回應他那雙溫柔的目光，但，卻啞口無言。

顏立堯那種體貼的話，從小到大已經聽多了，「那不是妳的錯」、「媽媽是愛妳才把妳生下來的」、「妳要連同媽媽的分活得更好才對」……

然而就算聽得再多，爸爸待在家裡的時間還是沒有變長，哥哥若有似無的疏遠總如銅牆鐵壁，忘記是從幾歲開始，我就不再期待那些話的眞實性了。

冬天過去，天氣逐漸回暖，高一下學期又遇到了運動會。

就在顏立堯剛好請假的這天，體育股長要我們選出各項競賽的選手。

黑板寫的那項「兩千公尺接力賽」我無聊地看著看著，忽然靈光一閃！

「我要提名。」我用力舉手。「顏立堯。」

我強調顏立堯在賽跑上很厲害，班上有些在國中就認識他的人也紛紛附和，於是體育股長拿起粉筆就要寫上他的名字，誰知坐在最後一排的程硯也舉起手，冷冷反對。

「起碼要問過本人同不同意吧！」

我跟程硯不熟，對於他難得表示意見感到意外，而且他那句聽起來像是在捍衛朋友權益的發言叫我汗顏。

我不是故意趁顏立堯不在場才把他拱出來，而是想到國三那年他和冠軍失之交臂，所以想讓他有機會彌補遺憾，他應該會躍躍欲試才對。

然而，無意間觸及到程硯他那雙彷彿在責備我的眼神，不禁迷惘了。

直到下課，我還邊收拾書包，邊反省自己到底做得對不對，沒注意到湘榆滑著輕快的舞步轉到我身邊，冷不防彎腰在我耳畔低語，「小姐，妳有喜歡的人喔？」

我嚇得後退，書包整個掉在地上，只能呆呆地和賊兮兮的湘榆面對面。

「什、什麼啦！」

我笑一下，撿起書包便迅速往教室外頭走。湘榆快步跟上，我們兩個一前一後在放學的人潮中穿梭著。

「還不承認？提到他名字的時候，臉都紅了。」

「誰的名字？」

「顏、立、堯啊！」湘榆故意把音調拖得長長的，然後戳戳我臉頰，「妳看妳看，又紅了啦！」

「沒有。」

「有！」

「才沒有！」

「哎唷！妳自己看！」

她使勁把我拖到廁所外的鏡子前，不是太乾淨的鏡面誠實映照出我那慌張失措的表情，還有怎麼也抹不掉的緋紅。

該不會……我在顏立堯面前也是這副沒出息的模樣吧？

「嘿嘿！不只這樣喔！每次一提到他，妳都好像特別開心，我沒說錯吧？」

當湘榆開始戲謔地揶揄我，我已經窘迫得無地自容，一把摀住她使壞的嘴。

「拜託妳不要再說了！」

湘榆惡作劇般的笑聲還是從我掌心下傳出來。之後，我只好一五一十地招供，包括國三運動會的那場際遇。

湘榆才驚覺到原來我的暗戀打從那麼早就開始。「妳也眞沉得住氣耶！這一年多來都沒有行動，妳是打算等到他將來結婚生子再告白嗎？」

「告白？」我脫口而出，又按住嘴巴，跟上湘榆走出校門口的腳步，「我才不要告白，絕對不要。」

「妳不告白，那妳喜歡他幹麼？」

我蹙起眉頭瞧瞧強勢的好友，她這問題眞怪，好像我是爲了告白才喜歡上他的。湘榆也很厲害，她看出我的困惑，主動附加說明，「我是說，難道妳要一直暗戀下去嗎？都不想讓他知道妳喜歡他？這種『喜歡』到底有什麼意義？」

她愈說愈激動，倒像在生氣，只是我不懂她是在氣誰。不過，湘榆的意思我明白，我也很想放棄這份心情，幾乎每天都這麼想。暗戀是一種慢性自殘，多半是對心臟的折磨，而對方依舊不痛不癢。

望著前方結伴成群的學生，納悶這些人當中有幾個也會有相同的煩惱。一定不少吧！只是大家都放在心底，然後裝作安好無恙。

不能前進，也無法後退的狀態。徘徊在愛與不愛之間，每天都不會是新的一天，因爲一直被困在不停猜測的迴圈裡。

「我想，或許等他交了下一個女朋友，我就……好痛！」

我的後腦杓毫無預警地被敲一記，有陣風從身旁掠過，我的手正忙著撥開亂掉的髮絲，而原本今天應該見不到面的顏立堯莽撞地闖進我的視野！

「嗨！放學啦？」

身穿便服的他騎著腳踏車飛快經過，只回頭留下不到一秒鐘的燦爛笑靨和那句廢話。

穿著連帽T恤和鬆垮五分褲的他，散發十足的鄰家男孩味道，男生一卸下制服居然有這麼大的差異！總覺得……

「搞什麼啊？那麼粗魯。他今天八成是蹺課吧！」

湘榆罵到一半，發現旁邊的我還木訥地站在原地，就用手肘碰碰我。

「喂！回神囉！」

「湘榆！」我抓住她雙手，叫著，跳著，笑著，「碰到了，碰到了啦！」

是不是錯覺呢？被他碰到的後腦杓微微發燙，燙著我的臉、我那受盡折磨的心臟。

「好啦好啦！快飛上天了對吧？」湘榆跟著我傻笑起來。

總覺得……這輩子是不可能放棄這份「喜歡」的心情了。

隔天，我懷著怎麼也平息不了的興奮走進教室，早自習的班級同學們或站或坐，而我最厲害的直覺，是總能在人群中快速找到顏立堯的身影。他待在程硯的座位旁聊天，見我從外面進來，程硯細長的眼睛從參考書移到我身上，講了幾句話，便繼續看他的書，隨後顏立堯也朝我看來。我屏住氣，不明白為什麼他帥氣的臉上泛過一絲冷意，隨即很快轉開，當作剛剛並沒有和我四目交接。

第一節下課時間即將結束，有個別班女生到我們班上找我。

「誰是蘇明儀？喔！你們導師要妳去辦公室找他。」

我和湘榆奇怪地面面相覷，心中湧起一股不安。當我來到辦公室，裡頭老師們聊得和外面一樣吵鬧，然而導師位置那一帶卻出奇沉靜，更詭異的是顏立堯竟然也在那裡。

「啊！妳來啦？」導師斂起方才的爲難神色，堆出笑臉。「不用緊張，不是什麼大不了的事。」

我頷頷首，瞄了身旁站得挺直的顏立堯一眼，他正面向窗外，不看導師，當然也不看我。

「就是運動會呀！立堯說他不想下場比賽，我也不勉強。後來我就想到妳，聽同學說妳也滿能跑的，怎麼樣？要不要代替立堯去跑接力賽？」

顏立堯拒絕比賽？爲什麼？是因爲我趁他不在擅自提名他，在生氣嗎？

「明儀，好嗎？就下場玩一玩，不必有壓力。」

導師笑容可掬地再問一遍，我無好無不好地點頭，這時上課鐘響了，導師催促我們回教室。我和顏立堯一起離開辦公室，看著他先行啓步的背影，我趕忙追上。

「顏立堯，如果你是因爲我提名你才生氣……」

「我才不會因爲那種事生氣。」他站住，回頭笑笑地打斷我的話。

「那麼，」那麼我真的不懂了，「你真的不想參加賽跑嗎？不想試試看嗎？」

「風紀。」他又恢復直呼我職位的習慣，帶著不耐煩的冷淡，「妳也管太多了吧！」

他走了，我留在辦公室外的走廊，有著被潑了冷水的難堪。還沒告白就先被討厭，也就不必煩惱告不告白的問題了。儘管如此，我還是有想要大哭一場的衝動。

總之，確定由我跑兩千公尺接力的最後一棒。

運動會前的體育課如果老師放牛吃草，那我就會去操場跑一跑當作練習。有一次，當我跑到第二圈時，觸見顏立堯就站在大樹下。他背靠著樹，雙手插進褲袋，定睛在我這個方向。我敢肯定他在看我，用一種冷眼旁觀的姿態，懶洋洋看著。

一起到過辦公室的那天起，我們就沒再說過話了，那之後他表現得像什麼事都沒發生過，而我一直很傷心，即使他不曾說過難聽的話，我還是有受傷的感覺。

現在，見到他一副事不關己地看我練跑，不由得……就是不由得一股氣！

上次賽跑跌倒有這麼嚴重嗎？嚴重到以後都不願意再跑了？被大家寵壞的窩囊廢！我怎麼會喜歡這種男生呢？

因爲愈想愈生氣，也就不知不覺愈跑愈快，快到……簡直是最後衝刺的速度。

我就這麼以那樣的神速跑完一整圈，然後直接撲進湘榆懷中，那時幾乎呼吸不到半點空氣了。

「妳神經病呀？跑那麼快幹麼？又沒人跟妳比！」

湘榆扯開嗓門罵我，但我耳裡只有自己換氣不過來的嚴重喘息，笨重的身體慢慢往下滑，最後不支地跪在地上。

「不、不行……肚子好痛……頭也好痛……」

「哎唷！起來！我帶妳去保健室啦！」

湘榆連拖帶拉地把我架去保健室，我一看到床就往前撲，抱緊枕頭。

「哇——好舒服喔！」

保健室林老師是個大美人，未婚，典型的單身主義者，不少男生喜歡藉故找她攀談，同時也有不少女生討厭她，甚至給她冠上「狐狸精」的字眼。對我來說，她是只可遠觀的老師，今天得以近距離拜見她，才曉得男生們爲她著迷不是沒有道理，單是眼角下那顆痣就不知爲她添上多少嬌媚。

「躺好，等舒服一點再多喝水。」林老師把一杯溫開水擺在床邊櫃子上，又把摺好的濕毛巾放在我額頭。「妳跑太快了，休息一下肚子就不會痛了，毛巾幫妳降降溫，我去廚房拿冰塊。」

「謝謝老師。」

她表示「不客氣」地笑一笑，快步走出保健室，湘榆確定她走遠，才繞到我旁邊來。

「好漂亮喔！我打賭一定有很多男老師想追她，不過，哈哈！她應該沒一個看得上眼的吧！」

「哈哈！包括我們班導嗎？」我陪著乾笑幾聲，發覺喉嚨好乾澀，連拿杯子的力氣也沒有，「不行了，我好累喔！」

「妳喔！這麼反常，該不會是因爲顏立堯吧？」湘榆故意把毛巾往下扯，讓它蓋住我的眼睛。「我跟妳說，他是很有人緣沒錯，可是這種人通常都不好搞，還是改去喜歡乖乖牌的啦！」

「妳在講什麼？這又不是寫考卷，寫錯還可以改來改去的。」我讓一隻手擱在毛巾上，濕涼的水氣壓著眼皮，感覺舒服多了。「而且，我自己也常常在想爲什麼會喜歡上他那種人啊！」

「不然，把他的缺點列一列吧！」

「缺點？」

「是啊！比如，遇到他很怕麻煩的事，會推得一乾二淨。」

「可是，如果推不掉，眞的要做，他都會做得很好。」

「那，他臭屁又自大？」

「虛有其表也就算了，但是顏立堯的確有那個臭屁又自大的實力呀！」

「那就……那天他在辦公室外面對妳講話很毒？」

「……他也沒說錯，我的確管太多了……」

「夠了喔！蘇明儀！妳是故意跟我唱反調嗎？」湘榆的聲音頓時厲氣逼人，「現在是要找出那個男人不值得喜歡的理由！請妳回到主題！」

「哎唷！我也很認眞啊！好啦好啦，我再想想。」

黑暗中，我打算從相識至今的點滴仔細揪出所謂的缺點。我回想起初次和顏立堯相遇的光景，發現他和我同班時那瞬間發亮的教室，他和我用可樂乾杯的鋁罐碰撞聲，他凝視天空不語的側臉，路上他輕輕敲在我後腦杓的觸感……

過了好久，想得心都酸酸的。

「喂！怎麼辦？我想，要不喜歡顏立堯這個人，應該是不可能的吧……」我等了一下，納悶怎麼還沒聽見湘榆的回應，「湘榆？」

我撐起上半身，掀高臉上毛巾，透過敞開的縫隙環顧四周，林老師還沒回來，湘榆不知什麼時候跑出去了，而原本應該剩下我一個人的保健室中出現另一個人影！

我霍地坐起身，半乾的毛巾掉在棉被上，對方聽見聲響，掉頭，面無表情地瞧我一眼。

程、程硯……怎麼會是他？

「我來拿ＯＫ繃。」他將抽屜推回去，顯然沒找到，又去開另一個抽屜。

天……天呀！我整個人僵硬得動彈不得。哪、哪裡有洞啊？這輩子從沒這麼想當場挖洞跳進去過！

「你……什麼時候來的？」

他看也不看我，只是專心做他的事，「妳說那句話之前就來了。」

「……」

再也找不到形容詞可以用在我此刻的窘境，我火紅著臉，吐不出半句話，除了切腹自盡，我想不到更好的方式來解決這場尷尬。

程硯終於找到他要的ＯＫ繃，這才願意轉身正視我。他有張清秀的面孔，略顯細長的眼眶含著兩枚深邃瞳孔，深沉得並不隨風起浪。

「妳中暑嗎？」

「不是，好像沒那麼嚴重。」

哇塞！他跟我講話了！開學以來我們兩個有好好交談過嗎？我有點怕他，總覺得他什麼都知道，而我什麼都不知道，所以害怕。

「妳跑得很快，也許和阿堯一樣快也說不定。」他淡淡地誇獎我。

「顏立堯和你……都在生氣嗎？不過，我也在生氣喔！我是眞的認爲他會跑贏，才提名他的。」

外面又是哪一班在上體育課，熱鬧的叫囂吸引他注意，程硯望向亮得叫人睜不開眼的窗口，曬進室內的陽光卻是大家都在午睡似的寧靜光線，他在那樣的光線中分外美麗。

「就算他會跑贏，也不代表他適合。」他說出他高深莫測的看法，也不管我是不是一臉問號，繼續說下去，「阿堯也沒生氣，他生氣的話就不會叫我來看妳的狀況了。」

我還沒會意過來，程硯便拿著ＯＫ繃離開。後來湘榆回來，說她跑去廁所拉肚子了。

「妳怎麼那麼會挑時間啦！」我憤慨地掐住她脖子，湘榆還被我搖得不知所以然，而我想起程硯的最後一句話，又忍不住雀躍地摟緊她，「他是什麼意思，是什麼意思嘛！」

——

「暗戀」是一種沒出息的行為，再微不足道的誘因，也能把一百個放棄它的理由取消掉。

【第三章　溫柔】

「早。」

程硯的車暫停在社區大門外的路邊，他背靠車門，正在看昨晚雨後的水窪。他總是比約定時間還要早到五分鐘，而且永遠從容不迫。

今天的他不再是嚴肅的西裝，淡色系的襯衫配牛仔褲，無比清爽。這麼優質的男人似乎還沒有女朋友，爲什麼？曾經許多人都想知道原因，也極力慫恿我去問清楚，他們說由我開口最適當，因爲我們相識最久。我不敢，怕被他投來一記「不准問無聊問題」的眼光。

大學和研究所同校，賃居的公寓也在同一個城市。即便如此熟悉，當他抬起純粹的黑色眼眸望過來，還是會不由得……

恁地倒抽一口氣！我停住腳步，他打開副駕駛座的門，發現我還沒走過去，又奇怪地轉回頭。

「早、早！」

我啓步跑到他身邊，避開他疑惑的目光鑽進車裡。

當他坐上我身旁位置，我再度亂了呼吸，淨瞅住擺在膝上的雙手，侷促不安著。

「一定要說喜歡，妳才會知道嗎？」

都怪Sandy啦！前幾天平白無故冒出那句話，害我沒辦法保持平常心。

「沒睡好嗎？」程硯直視前方，轉動方向盤，一開口便命中我的狀況。

「對，同學會……有點緊張，你不會嗎？」

我故作輕鬆地將原因歸咎到同學會上，哪知他竟認眞吐槽，「又不是要去面試，不懂妳在緊張什麼。就算是面試，妳去那麼多次應該也習慣了。」

我悶悶地噘起嘴。Sandy八成搞錯了吧！

我們在車上找不到話題，無事可做之下，視線自然而然放向擋風玻璃前的天空。今天的天空不是那麼蔚藍，帶著一點灰，雲朵也不十分潔白，綿延到遠方，總會分不清楚那片混濁的顏色到底是天空還是雲層。

「知道上次面試的結果了嗎？」

程硯從靜謐中浮出的問題頓時讓我有一種如夢初醒的錯覺，我掉頭瞧瞧始終專心在前方路況的他，有時，他看不出情緒的側臉會和高中時代那個凝視天空的顏立堯重疊在一起，我和顏立堯已經沒有關係了，卻待在最容易讓我想起他的程硯身邊。

「還沒接到通知。可是，一定又沒希望了吧！」我讓身體往下滑一些，整個人陷進椅背中，「一直得到不被錄用的結果，好像自己的一切也被否定一樣，是瑕疵品。」

於是程硯又不接話了，他不是那種會一來一往拚命聊天的人，講出一句話之前總會先有一段令人摸不著頭緒的沉默，幸好我早就慢慢習慣了呀！

「沒有人說妳是瑕疵品，是妳沒有說服對方自己是正品的自信。」

程硯聽上去像是責備的言語，其實是非常溫柔的，只是那是在我認識他很久之後才發現到。

✧

高一運動會前夕，我收到高中生涯的第一封情書，身經百戰的湘榆則已經有五封戰利品了。

那是隔壁班一位籃球打得不錯的男生，我知道有這個人，可是從未交談過。不知道他是用什麼方法偷偷把裝在信封的情書放在我抽屜的。我看著信上的署名，想半天也想不起這個人。湘榆於是趁一次下課拉我去廁所，路過隔壁班，悄悄向我打暗號說那個男生就是現在坐在窗檻上的人。

陽光型的大男孩。當他發現我路過他們班，登時止住大笑，靦腆地壓低視線。他強烈在意著我的存在，害我也匆匆別過頭，加快腳步通過。耳邊只有制服裙襬的相互磨擦聲，伴隨著湘榆錚鍄的竊笑一起落荒而逃。

「我答應你們交往。」

湘榆大表滿意地拍拍我肩膀，我敬謝不敏，把她的手捏走。

「謝謝，心領了。」

「爲什麼？他有什麼不好？」湘榆尖聲爲他抱不平，誇張得好像他倆多熟一樣。

他沒有不好，也沒有哪裡好，他不是顏立堯，不是顏立堯就不行啊！

雖然我對隔壁班男生沒意思，但要回覆他的情書還是讓我煩惱得要命，更糟的是，他偏偏挑運動會那天約我見面。

因此，運動會當天，校外的小攤販賣力吆喝，校內各項競賽如火如荼地展開，唯獨我是怎麼也high不起來的那個人。

「借妳？」湘榆順手遞出一條唇膏。

我覺得怪異，往後退一步，「不要，哪有人賽跑在擦這個的？」

「笨，這是讓妳去拒絕人家用的。」

「拒絕就拒絕，跟這有什麼關係？」

湘榆一派老經驗地嫵媚輕笑，「被美女拒絕，總好過被醜八怪say no吧？」

這麼聽來也算有幾分道理。在嘴唇塗上淡淡的櫻花色唇膏，希望眞能因此令他好過一點。

他約我見面的地方就在我們班外面，運動會的日子，教室反而不會有太多人逗留。好巧不巧，我們見面的時候整條走廊沒有其他人，是一條狹長而淨空的空間，我和他就像兩個好學生面對面地站立，因爲緊張，彼此都不敢直視對方眼睛，只有心跳猶如交談般地撲通撲通悸動著。

我說，對不起。他笑著說沒關係，還說，那我們以後可以做朋友吧？

我不確定他是不是以後還想跟我做朋友，只是這種八面玲瓏的說法讓我們兩人都有台階可下。如果我眞的鼓起勇氣向顏立堯告白，會不會也聽到同樣的台詞？

不論是告白或分手的場合，「做朋友」這說法眞的很好用呢！一想到這裡，我便爲這個男生感到傷心，也爲自己傷心。

就在這個時候，有人闖入我們的走廊空間。聽見霍然打住的腳步聲，我和他幾乎同時掉頭，那不是別人，正是顏立堯進退不得地杵在樓梯口。

我們定格看著他，他也輪流看著我們。

隔壁班的男生略顯尷尬地抓抓臉，面向操場，我則愈來愈惶恓，惶恓得宛如做錯事的孩子……

顏立堯擺出平常吊兒郎當的態度，繞過我們走向教室之際，輕快落句話，「偷偷約會喔？」

我的胸口一酸，瞪著他到座位找零錢的身影，反擊回去，「我又不是你。」

他暫停動作，瞧瞧我，不管他有沒有想起和前女友在午休時的約會，顏立堯都一笑置之，然後再次繞過我們離開了。

「啊——可惡！」

我粗魯地揚腳一踢，踢得地上落葉高飛四散，差點連腳上運動鞋也踢出去。湘榆正忙著梳齊她的長髮，小聲嘀咕。

「又愛又恨的，妳也眞麻煩。」

「啊？是我的錯嗎？妳再說一次！」

「好好好，是愛情的錯。」她雙手貼住我的背，將我推向操場。「可是現在先專心比賽吧！」

兩千公尺的接力賽，我們班一開始就跑輸其他兩班，輪到最後一棒的我上場之後，憑著一股難以言喻的憤怒終於追上第二名的名次。這個成績已經夠令班上同學欣喜若狂了，我卻有些失望，本來想拿第一的啊！

廣播器不時傳來下個競賽的預告，再不就是尋人廣播，講個不停，聽久了就覺得吵。

我躲到比較偏僻的樹下，坐在地上，背靠著樹，仰頭張望葉縫間的藍天。

這一排榕樹生長得過分茂密，厚厚枝葉交錯，只在風吹來才能見到細細碎碎的天空，那時金色光點會跟著落在臉上，暖洋洋的，放鬆的身體都要融進後面的大樹似的。

「好想睡覺……」我慢慢瞇起眼睛。

「啊？」突然有人搭腔。

我用力坐起身，繃緊神經回頭看，粗壯的大樹另一頭有人也跟我做同樣的動作。

「顏立堯……」

「妳在我後面啊？」他倒是適應得很快，馬上笑容滿面，還順手丟一罐礦泉水過來。

「哇！」我倉皇接住。

「比賽辛苦了。」

忽然他不說話了，研究什麼似地貼近我的臉，我稍稍退後，感到難為情。

「什、什麼啦？」

「妳擦口紅？」他像逮到我做壞事一般，隨後低下眼輕聲問：「約會用的？」

最後那句再次惹我不高興，「就說不是約會。」

「有什麼關係？滿可愛的啊！」

他說可愛耶！我只敢轉動眼珠子打量顏立堯，他正抬頭對著刺眼的陽光皺眉頭。

我暗暗握拳！湘榆！謝謝妳借我唇膏！等一下請妳吃冰！

「咦？」正想轉開礦泉水的瓶蓋，發現它已經少了三分之一，我向他舉高瓶子，「這個，你喝過了吧！」

顏立堯瞥瞥瓶子，用理所當然的語氣說：「對呀！啊！不過不是喝剩才給妳，是看到妳剛剛努力為班上爭光，所以決定請妳喝。」

強詞奪理。

接下來他竟然故意反問我，「我想到了！妳該不會是想，如果妳也喝了，就有間接接吻的問題吧？」

就算我再怎麼克制自己，一聽見「間接接吻」的字眼就再也沒辦法處變不驚了。

「誰、誰會想到那個！你不要愈講愈噁心啦！不過就是喝水而已。」

我賭氣地轉開瓶蓋，仰頭咕嚕咕嚕灌了好幾口，然後用手背抹去留在嘴邊的水滴，這才撞見他一臉愣住的表情，一隻手還戲劇性地捂住胸口。

「怎麼了？」

「呃……糟糕，換我變得怪怪的，心臟一下子『碰』得好大聲，這樣果然算是間接接吻吧！」

我傻呼呼地和他對望，直到耳根子都紅透，才把臉轉過去，「閉嘴啦！」

你不要在這種事上開玩笑，我沒有免疫力啊！

「話又說回來，妳跑得挺快的，真看不出來。」

宛如要打破不自在的僵局，他提起賽跑的事。

「我本來就喜歡跑步，跑步的時候啊……感覺全世界只有自己、腳步聲和心跳而已，討厭的事都被隔絕在外，是非常非常單純的世界。」

「嗯……我知道。」他心有戚戚焉地附和我，再次背靠著樹，望向操場上的選手們，出神得不知是在和我對話，或是他在自言自語，「一定很痛快吧！衝過終點線的時候。」

顏立堯想起國三那年的運動會嗎？我總覺得他還懷念著賽跑，只是為什麼不肯下場比賽呢？

我慢吞吞喝水，不敢哪壺不開提哪壺，他卻逕自提起那年夏天的事。

「我國三的時候，也是跑最後一棒，可是失敗了，好慘，下場是被送進保健室，跌得全身都是傷，那天超級鬱卒的，我這個人受不了有人比我強。」他暫停好久，久得讓我覺得也應該說點什麼，這時他又收拾遺憾的心情，盤起腿，孩子氣地告訴我一個祕密，「不過，也不完全是壞事，我遇到一個女孩子。」

「嗯？」

「在保健室的時候有一個不認識的女生照顧我，我啊，好像喜歡上她了。」

噗！我把嘴裡的水噴出來。

「喂！」他閃開，感到不可思議，「妳在幹麼啊？真沒禮貌……」

「對、對不起，嗆到……」

我一面咳嗽，一面拍掉身上水滴，而顏立堯則繼續自顧自聊起他的心事。

「我說的喜歡，也不是非要跟她交往不可的喜歡，我也說不上來。更何況那時我已經有女朋友了，所以並不是想搞背叛什麼的，也完全沒有要追其他女生的意思，只是一直記得那個保健室的女生。她大概知道我心情差，沒有刻意找我講話，但是她請我喝麥茶，說是黃老師做的，天曉得是哪個黃老師，不過那麥茶真好喝。」

「呃……嗯……」

「我當時心情太糟，對她的態度不是很好，後來有點愧疚，想道歉也沒辦法，我根本不知道她是誰，就把這件事放在心上。嘿！蘇明儀，我不是說過不會再交女朋友嗎？就算是這樣，我想，也會一直記得那個女生吧！妳能懂嗎？把一個人一直放在心上的感覺。」

他漾著暖意的眼睛稍稍瞇了起來，問我懂不懂。我怎麼會不懂？你在我心上也住了好長好長一段時間呀！

「你真的……不知道她是誰？」

「怎麼可能知道，我從頭到尾都背對她，只有在她走出去的時候剛好看到她背影，頭髮長長的，綁馬尾。」

難得的涼風蜿蜒過這一排樹蔭，短短的髮絲拍打著我錯愕的臉龐，太造化弄人了吧！才剪去一頭長髮，你就告訴我你只記得那個保健室女生的長頭髮。

我的心情很複雜，失望落寞，同時又鬆一口氣。

「所以，我喜歡跟妳說話。」顏立堯和善的視線聚在我臉上，淺淺一笑，「妳的聲音很像她。」

他純眞的笑容令我的胸口微微刺痛，痛得眼眶湧起灼人的溫度。

「抱歉那天對妳那麼凶，我不是故意的。」

就算我不是他心裡掛念的那個女孩，顏立堯依然對我很溫柔，只是這份溫柔終究不會是我的專屬權利，我便失去快樂的理由。

高一生活即將結束前，湘榆一共得到十三封情書的戰利品。

她非常樂於接受仰慕者的朝貢，卻始終不曾答應過任何人的交往要求。在她發現我的心情之前，她甚至連萬人迷的顏立堯也顯得興致缺缺。甚至知情之後，還熱心幫我製造各種機會。

但，顏立堯很忠實遵守他那「不再交女朋友」的決心，而我呢，總是在湘榆提供的臨門一腳之際卻步。

雖然顏立堯說過他喜歡跟我講話，但那也不能爲我壯膽多少，似乎我只想一直暗戀他，而不打算成爲他的女朋友。若眞要說什麼心理障礙，大概是認爲自己不夠好，不夠好到能夠得到別人的疼愛。

「我都已經幫你們把話題扯到他的化學很好，妳的化學很弱了，妳幹麼不乾脆叫他教妳呀？」

氣呼呼的湘榆快把我家客廳桌子掀了。

我無話可說地埋頭寫作業，明天的化學小考範圍很多，更讓湘榆火上加油。

這時，大門打開，哥哥回家見到我們，立刻作出受不了的表情。「原來是妳來啦！難怪我家那麼吵。」

我哥蘇仲凱是大三學生，念的學校剛好和住家同縣市，選修的課不多，卻不常見到他在家。

「哼哼！你要感謝我大駕光臨，你家才可以這麼熱鬧。」湘榆變得趾高氣昂。

「拜託。」哥哥嗤之以鼻，懶洋洋走向他房間，「我要補眠，別吵我，乖。」

湘榆沉下臉，她知道他是故意的，老愛把我們這些高中女生當黃毛丫頭。所以，打從去年開始，她便學起韓劇裡的女生「大叔、大叔」地叫老他。

「喂！大叔！你化學應該不錯喔？」

「啊？」哥哥在房門口站住。

「來當一下化學家教吧！我們明天要考試。」

我吃驚地轉向湘榆，她正端出「本公主就賜你這無上恩典吧」的姿態，哥哥原本帶著濃濃睡意的臉瞬間垮下來。

「饒了我吧！我打了整晚的報告耶！而且妳們考試干我屁事呀？」

「幫自己可愛的妹妹度過難關，本來就天經地義啊！」湘榆繞過來，笑盈盈地攬住我的肩膀，「然後愛屋及烏，當然也要關照妹妹可愛的同學囉！」

哥哥依舊臭著臉，往我望過來，被他望見的那一秒我緊張得屏息，接著他心不甘情不願地走回來。

「『可愛』那兩個字是多餘的。」

湘榆總會耍小聰明，她很清楚只要扯上我，哥哥通常都來者不拒，但這不代表他愛護我這個妹妹，我想，哥哥總想藉著為我做些事來彌補他怎麼也無法親近我的事實。

儘管如此，哥哥來教我們功課，還是讓我高興得不得了。

他扯著一夜未眠的沙啞嗓音，勉強瞪大充血的眼睛，粗魯地在課本上指指點點。我看見他原本就不算斯文的臉上冒出細細鬍渣，老哥又Man又帥，我滿驕傲的。

「大叔，你好臭，我看你昨晚也沒洗澡對不對？先去洗乾淨啦！」

湘榆故意嫌惡地捏起鼻子，哥哥火大了，用力拍桌。

「喂！教妳們功課已經很不錯了，還要求那麼多！這是正港的男人味，小孩子不懂啦！」

「哥，你的手打到立可白了啦！」

我舉起沒救到的參考書，才剛用來蓋住錯字的修正液被哥哥的手掌一打，全黏在他手上。他煩躁地想弄掉那些白點，卻徒勞無功。正想亂發脾氣，湘榆掏出濕紙巾給他。

「用濕的擦擦看。」

「喔！」

湘榆托著腮，看哥哥很豪邁地拿濕紙巾猛搓，平時霸氣凌人的她此時柔柔地笑了。

我猜，湘榆一直不交男朋友，是有原因的。

門鈴聲大作，我們三人都從化學的夢魘中如夢初醒！

「我去開。」我起身走過去。

湘榆好奇詢問：「你們家今天有客人嗎？」

哥哥忽然「啊——」地好大聲，跳起來開始抱怨，「媽的！都是妳們啦！要我教什麼化學？害我唯一的睡眠時間沒有了！」

我才開門，兩個打扮時髦的女孩立刻青春洋溢地走進來。

「仲凱！我們來囉！」

「啊！這是你妹嗎？好可愛喔！高中生耶！」

我訥訥向她們頷首，她們一個挑染著紅髮、一個穿著舌環，對我們家很熟似地逕自往哥哥的房間走。

「我們先去你房間喔！記得幫我們準備飲料。」

湘榆對於家教課程被打擾相當不滿，整個人像刺蝟一樣豎起敵意。

「她們是來幹麼的？」

「我們同組的來繼續寫報告啦！這次教授出的報告有夠變態的多。喂！」哥哥丟出他的皮夾，被我有驚無險地接住，「拜託幫我隨便買個飲料，啊！再幫我買瓶蠻牛，不然眞的會死人。」

說完，他便跟著回房間。房門才打開，女孩子毫不收斂的嘻笑立刻從門口傾湧而出。

「大色狼，寫報告不會去學校寫呀？」

湘榆使勁地蓋上課本，鉛筆盒、計算紙全一股腦扔進書包。

「妳不陪我去買飲料啊？」我跟她一起搭電梯下樓的時候問。

「我又不認識她們，幹麼幫她們買？妳也不用那麼聽話，蘇仲凱平常又沒對妳多好。」

湘榆一生氣，便會忘記顧慮我的感受，我無所謂地聳肩。

「買個飲料又不算什麼。」

「哼！我說那個男人呀……八成有戀母情節，媽媽過世，就遷怒到妳身上，沒品！」

我故意放慢腳步，從後方觀察還在氣頭上的湘榆正在亂甩書包，或許湘榆喜歡著哥哥吧，因此我不想讓她對喜歡的人有所誤會。

「湘榆，妳知道我哥是非常念舊的人嗎？小時候的東西他大部分都有留下來，而且收得很好。」

這回她不作聲，對我不解地挑高眉角。

「小時候我喜歡趁他不在，偷翻他的東西，後來被我翻到他小六的作文。」

「是喔？嘿嘿！那傢伙寫了什麼？」

「題目是『家人』，我記得很清楚，哥的作文裡有一段這麼寫，『十二月二十日，我的妹妹出生了，媽媽卻不見了』，媽媽過世是他快要上小學一年級的事喔！」

湘榆沒吭聲，只是一臉憐憫地端詳我，不知道是對哥哥還是對我的同情，總之，她不再怒氣沖沖了。

「我想，哥哥只是不曉得該怎麼喜歡我罷了。」

我輕輕微笑，湘榆伸出手，煦暖地牽住我的，彷彿和我有什麼革命情感。

「他應該要知道的，不然怎麼做人家哥哥？」

所以我喜歡湘榆，她不會陳腔濫調地安慰那不是我的錯，我一點也不想聽那種話。

「我先回家囉！拜。」

來到交叉路口，湘榆揚手道別後便離開了。我自己到便利商店買了幾罐飲料，卻找不到蠻牛。店員說他們沒有進貨，我只好再到下兩個路口的便利商店找，幸好這裡有。

我忙著把飲料塞進購物袋，一面走出店門口，觸見有好幾顆五彩泡泡從圍牆那頭飄來，某戶人家的小孩正在吹泡泡吧！都已經是高中生了，看見泡泡還是會不自覺升起一份驚喜之情。它們循著不規則的路徑飄浮，其中兩個在半空中撞在一起，破碎了……記憶中，我總是一個人吹泡泡，那些寶石般的透明球體藏著一段又歡愉又寂寞的童年。

我看得出神，不料手一滑，那瓶蠻牛掉到地上，還一路滾呀滾到路邊。正想追上去，蠻牛竟不偏不倚地在一隻惡犬腳前停下來。

那是一隻鬥牛犬，通常那副尊容的狗都會被我主觀地稱作「惡犬」。

基本上，我不是個怕狗怕得要死的人，但萬一眼睛不幸和狗對上，我就會像被人點穴似地定住，連視線也移不開，笨笨地杵在原地和牠「深情對望」下去。

牠是隻體型中等的鬥牛犬，淡褐色短毛，皺巴巴的臉皮下翹起一枚白色尖牙，偶爾喘氣時還會露出紅通通的舌頭。最糟的是，牠為什麼跟我一樣動也不動呀？

一分鐘過去了，木頭人的我仍舊困在定點，深怕一動牠就會立刻撲上來咬我。

怎、怎麼辦……牠的主人呢……

「妳在幹麼？」

剛開始，我以為那個不熟悉的聲音不是對我說的，但也拜那聲音所賜，我和狗狗很乖地同時轉頭，還穿著制服的程硯正狐疑地打量我。

程硯為什麼會在這裡？他家在附近嗎？那些都不重要了！

「我在……那個……狗……蠻牛……」

一時之間我不知道應該先解釋狗的事還是蠻牛的事，結果語無倫次。程硯看看狗，然後發現狗腳邊的飲料，啓步走去，將蠻牛撿起來的時候，那隻鬥牛犬居然好客地搖起牠的豬尾巴。

他將蠻牛交到我手上，我再度撞見他滿是困惑的神情。

「這、這不是我要喝的啦！是我哥。」

「我就想有必要為了明天的化學喝這個嗎。」

就算不必喝蠻牛，也不是每個人都能跟他一樣遊刃有餘啊！

他轉身就要離開，我見狀，連忙跟上，「等我！我跟你一起走！」

程硯站住，絲毫不掩飾「爲什麼妳要跟來」的排斥。

「我怕狗，等我離開牠的勢力範圍就好。」

他聽到我的理由，無奈吐氣，「沒人教妳嗎？只要妳不要一直盯著牠看，牠不會追上來的機率大概是百分之九十九。」

「那，萬一遇到那百分之一怎麼辦？」

我不是故意找碴，只是順勢脫口而出。程硯起初顯得欲言又止，後來又恢復往常的孤傲。

「運動會那天，妳不是跑得很快嗎？」

什麼？他言下之意，是叫我被狗追的時候拚命跑就對了？我怨怨地瞅著他，哇……他的眉型和嘴唇輪廓比較細緻，較顏立堯清秀一些，近看之下才發覺程硯長相也不錯。

留意到我的視線，他嚴厲地瞪過來。「什麼事？」

「沒有！」我倉促收回視線，對不起，我看得太放肆了，「我、我是在想，跑得再快，也拿不到第一名啊！」

「也有天不從人願的時候，就算妳是飛毛腿也一樣。」

程硯那句話，原以爲是對我說的，然而他語重心長的側臉，似乎又不是那麼回事。

「可以了吧？」

他再度停住，提醒狀況外的我現在已經離開那隻鬥牛犬的勢力範圍了。

他是不是對我沒什麼好感？顏立堯這人對誰都親切友善，沒有特別討厭的人。但他的死黨程硯，這個安分寡言的程硯，會不會正好相反呢？

「謝謝。」我鼓起勇氣，想藉這個機會確認一件始終非常介意的事，「那個，那天在保健室……就是你來拿OK繃那天……我說……說……」

我說我喜歡顏立堯。啊！不行！那種話才到嘴邊，我已經快窒息了。

程硯見我吞吞吐吐的狼狽模樣，也十分壞心地等候一會兒才接話，「放心吧！我沒跟他說。」

幸好。我對他感激微笑，他卻避開我的注視，面向我們來時的街道，輕輕說：「萬一遇到那百分之一的時候……」

「咦？」

「萬一遇到那百分之一的時候，我家在這裡。」他舉起手，指指身後一棟雅緻的透天房子，「妳隨時可以衝過來按門鈴。」

我想了三秒鐘，才會意到他的話題已經擅自跳回對於狗的討論上面。

雖然沒辦法確認他的喜惡，不過我呢……今天非常確定一件事。

程硯一度不小心和我對上的眼眸和顏立堯一樣，和現在悠悠飛過他肩際的泡泡一樣，清澈純淨。

是溫柔的人。

——溫柔，是內心堅強的人才辦得到的事。軟弱的人只能一味依賴別人的溫柔，而且索求無度。

【第四章　故意】

這片相連的天空下……

車子愈往南行，天空愈晴朗。稍早所見到的厚重雲層逐漸變薄，蒼白的藍、淡淡的藍、然後是海水般的湛藍。層次的變化吸引我的注意，一直盯著它，心頭會隱約湧上某種想法，一時之間沒辦法具體說出那是什麼。

「想睡就睡一下吧！」見我一直呆滯著，程硯開口提醒。

「嗯？」我打起精神，坐正，「不是啦！只是一直在想今天的天氣到底是好還是不好。我們剛出門時有點飄雨，結果現在又出大太陽了，會不會等我們到家又開始變天……啊！很無聊吧！」

等我察覺到自己沒意義的說話內容，有點不好意思。對方又不是會陪我天南地北哈啦的湘榆，而是一本正經的程硯耶！

倒是他很認眞在聽就是了。

「出門前我先打過電話回家，是晴天沒錯。」

這時他的手機作響，程硯瞥了擱在置物槽的手機一眼，又繼續直視前方開車，沒有打算接聽。我也瞧瞧置物槽，手機旁還有藍芽耳機。

「我幫你戴吧！」

不管他露出爲難的神色，我動作俐落地將耳機裝到手機上，然後探身要將耳機掛上他的耳朵。當我靠近，略略感覺得出他正停住呼吸，肩膀也僵硬起來，但是，程硯身上有乾淨的味道，是一種又乾淨又專屬於男人才有的氣味。

「哇……」

車子突然緊急煞車，我撲向他，一臉撞到他硬邦邦的手臂，幸虧耳機已經掛上去了。

「抱歉。」他瞄一下正摀住鼻子的我，將車子調整到原來的速度和車道，「……我不是故意的。」

我睜大吃驚的眼睛，忍不住對程硯無意間流露的靦腆咯咯大笑起來，這個人也未免太過正經八百了吧！

「有什麼好笑？」他正色問。

「我當然知道你不是故意的呀……」我仍將笑聲捧在手心中，撞著的鼻子再也不是那麼疼痛。

他見我笑個不停，並不生氣，淨是注意壅塞起來的車流。

「糟糕，結果電話沒接到。」

我把滾落的手機放回置物櫃，看到螢幕顯示的未接來電是「盈盈」，登時有些怔忡。

「誰打來的？」

「啊……喔！是『盈盈』，要回電嗎？」

「不用了，有急事她會再打來。」

我重新坐好，對著我這邊的窗玻璃皺起眉頭。總覺得「盈盈」這名字從我嘴裡唸出來怪怪的。不對，不對勁的地方是程硯手機的通訊錄竟然會輸入這麼親暱的稱呼，我只看過連名帶姓，頂多是名字兩個字，現在居然是親密的疊字。

盈盈，盈盈，好甜的稱呼喔！是……女朋友嗎？

記得是從大學開始的吧！程硯收到某個人的手機簡訊時心情會滿好的，特別是逢年過節這類特別的日子，對方一定捎來問候。那只是我的直覺，有個人對程硯的意義非凡。

我所認識的程硯對於交女朋友這件事應該沒興趣，但，人總會變的吧？和他相識九年了，這段時光足夠一個人改變習慣、改變原則、改變……心裡所愛的人。

「怎麼了？」

由於我異常安靜，他轉頭看我。我卻閃躲，將原因推回最初的天氣話題。

「我剛剛想到高二那次去九族文化村，也是這種一下子下雨、一下子又放晴的天氣，而且你還跟顏立堯走散了，對吧？」

當我自信滿滿地提起這段往事和顏立堯這個人，程硯卻變得若有所思，在那長久的沉默過後，他用懷念的嗓音告訴我，「那次我是故意的。」

當年落單的我和顏立堯合聽隨身聽的光景瞬間浮現，又像被我們一一拋在後頭的田野阡陌，飛快逝去了。

嘿！這片相連的天空下，你一定在哪裡好好地活著吧？

你今天做了什麼事？吃過什麼早餐？頭上的天空也下過雨嗎？

現在的你，心裡愛的人又是誰呢？

✧

我升上高二了，暗戀的歷史也邁入第二年。

一開學，無可避免的又是幹部選舉，我費盡唇舌向班上同學說明讓賢的心意，還有「換人做做看」的新氣象，好不容易就快讓他們信服，哪知顏立堯突然舉手駁回我剛剛那堆心血，「蘇明儀有當風紀的大將之風」、「蘇明儀一定能馬上得心應手」等等，於是他的饞言害我又連任了風紀股長一職。

氣死我了！氣死我了！

事後顏立堯嘻皮笑臉地告訴我，「如果又在午休時間約會，我才不要別人過來抓我回去呢！」

「別人抓和被我抓，有什麼差別？」我凶得很認真。

「嗯……我比較習慣被妳抓回教室，別人就不要。」他想半天想出那個無稽的理由，又忽然欠揍地陪笑，「啊！我忘記我不會再交女朋友了，糟糕，眞抱歉哪！」

儘管他害我再度接上不可愛的職位，儘管他給的理由超級任性，不過話中那個「非我不可」的意思還是讓我很快就消氣。

我大概是笨蛋吧！

過完中秋節，高二有類似遠足的學校活動，我們背包裝滿零食，吵吵鬧鬧地坐上遊覽車，出發前往九族文化村。

車上座位是自己選，我理所當然地和湘榆坐在一起，顏立堯和程硯坐最後一排，程硯怕吵，他窩在靠窗位置閱讀帶來的雜誌，顏立堯則忙著和其他同學打鬧。

女生們開始交換零食，我利用鄰座同學向我索取洋芋片的機會偷偷打量後方的顏立堯，他今天穿外星人圖案的T恤和破破的牛仔褲，好適合他喔！頭上還斜斜戴著一頂洋基隊的棒球帽，簡直太有型了！

「喂，不如我去跟顏立堯換位子？」

湘榆冷不防湊到我耳邊低語，我把她竊笑的臉推回去，臭湘榆，真那麼做就太明顯了啦！

「我想吃洋芋片！誰有帶？不是海苔口味的我不吃喔！」

顏立堯站起來，既霸道又幼稚地吆喝。湘榆朝我那包洋芋片瞪一眼，猛把我往外推。

「去！妳去！」

我做了一次深呼吸，正打算把我的洋芋片舉高的前夕，有其他女生先一步來到顏立堯面前，一手俏皮地背在身後，一手搖晃她那包尚未打開的洋芋片，搖得喀啦喀啦響，「哪！拿去。」

「喔！謝啦！」顏立堯全神貫注地將手中撲克牌一列排開，看也沒看那女生便說：「可是我現在沒手耶！塞一片給我啦！」

就這樣，我親眼看著那故作嬌嗔的女同學把洋芋片放進顏立堯張大的口中，她還數落他好幾句，「你真的很懶耶！玩牌有這麼重要嗎？等一下換你伺候我們喔！」

接下來他們怎麼打情罵俏我就不願意再聽了，只是轉回身，對膝上那包洋芋片嘟噥，「大色鬼。」

其實我心裡清楚，未來，顏立堯或許會再喜歡上其他女孩，而我也勢必再次被迫看著他們恩恩愛愛。因此我常常祈禱，希望顏立堯不屬於任何人的日子能夠再久一些，再久一些。

車程很久，湘榆坐不住，跑去別的座位聊天了。我有點暈車，靠著椅背昏昏沉沉就快入睡，忽然身旁座位有人粗魯地坐了下來。

「湘榆，我的外套……」

我睜開的雙眼猛然張大，搞不清楚現在是不是在作夢。顏立堯稍稍抬起身，從椅子上拿起一件薄外套，綻放著亮眼的微笑。

他問我，「這個？」

「嗯……你怎麼……」

「我被阿硯趕出來了，他好不通人情喔！」沒想到他裝起可憐兮兮的模樣，「他說我太吵，還說只要有我在的地方就會天下大亂，所以暫時不准我出現在他周圍兩公尺內。」

我越過椅背，看向後方最後一排座位。真的，少了顏立堯，那些男生也鳥獸散去，而程硯依舊自顧自地看雜誌。

「我看妳死黨不會回來了，這位置借我坐吧！」

天啊……今天是我的幸運日嗎？

好巧不巧，顏立堯發現我隨手塞在背包中的洋芋片，我也注意到了，和他同時心裡有數地相視一眼。

「原來妳有洋芋片啊？」

他的話酸溜溜，我聽得出箇中的抱怨意味，只是淡然搭腔。

「你不要以為世界都繞著你打轉。」

我的冷漠，他並不介意。

「我爸媽有時候會讓我有這種錯覺，世界都繞著我打轉。先說好，我不是那種被寵壞的孩子喔！可是當父母的很難停止保護孩子的動作吧！這點我能理解，所以就由著他們繞著我打轉……哈！我在說什麼啊？連我自己都聽不懂了。」

顏立堯跟其他男生沒兩樣的大剌剌態度下，藏著不為人知細膩、深沉的一面，而每每在我就快觸及的一刻，他又大而化之地笑開了。

明明應該要對自己喜歡的人有一定的了解才對，這一點我卻沒有一丁點把握。

顏立堯抱起雙臂，頭一歪，往椅背一靠，閉上眼睛。

「你幹麼？」

「我昨天晚上太興奮了，根本睡不著。」

「你是小學生嗎？」

「妳不睡嗎？不用客氣啊！」

這傢伙！還眞把自己當這座位的主人啊？

「我不想睡，你請便。」

「哈哈！到了叫我喔！」

我沒有開口答應他，因爲那樣好像他的僕人，太沒骨氣了，就算心裡開心得不得了，我也狠狠地忍下來。

更何況，怎麼可能睡得著？光是坐在他旁邊，就會用盡我全身力氣，那麼不自在，那麼緊張。

反觀顏立堯，說睡就睡，不久，他就像貓兒一樣賴在座位上睡著了。眞慶幸今天我坐的是靠窗的位置，即使從這角落恣意觀望他，也不會有人發現吧！顏立堯手上還抱著我的外套，他把它當抱枕嗎？他那樣抱著我的物品，我就覺得……覺得彷彿觸碰到我，看著看著有點難爲情了。

到了九族文化村，老師耳提面命交代一大串注意事項後，我們就解散。下了遊覽車，還能見到其他班級的學生。偶爾遇到綁馬尾的女生，顏立堯會回頭多看一眼，他到現在還有意無意地在尋找那個保健室女孩。

「怎麼了？」

走在他旁邊的程硯也跟著停下腳步，顏立堯連忙掉頭傻笑。

「看美女。」

程硯不理他唬爛，一針見血地說：「少笨了，同樣的髮型綁個兩三年也會膩吧！」

忽然，程硯注意到我。他過分聰明的目光在我身上停留片刻再移走。雖然只有短短幾秒鐘，也已經讓我嚇出一身冷汗。

程硯是不是知道許多事？然後又把那許多事放在心裡？該說他這個人可怕還是厲害呢？

不過，他再厲害，應該也不曉得保健室女孩是誰吧……

「啊——」我驚醒般地大叫。

「妳怎麼啦？」湘榆問。

湘榆和附近同學都轉頭看我，幸虧顏立堯和程硯已經走遠了。

我、我想起來了！程硯也曾經出現在那間保健室！他就是當時進來關心顏立堯的那群男生之一。當大家吵成一團，他還靜靜朝我望了一眼，彷彿老早就認識我一樣，我對他那雙慧黠的黑眸印象深刻。

「不懂妳在煩惱什麼，既然我們是出來玩的，就要盡興一點！走吧！」湘榆等不及地把我拉走。

我和湘榆以及另外兩名女同學一下車就先去玩兩遍自由落體，三遍馬雅探險，再去搭纜車。纜車上，大家望著自己那邊的窗景，有一陣子都沒說話，從高空俯瞰不同的視野多少有些各自的感觸。

「我們來合照吧！」

像是要驅散這不協調的寂靜，湘榆振奮著音調提議。於是我們馬上喜孜孜移動位置，輪流拿相機照相。我們之中只有一位有錢人家的女生帶手機，而且還附有照相功能，在當時非常稀有，她炫耀式地幫我們連拍了好多張。

不過，我覺得湘榆相機的照片裡我最好看，於是跟她要檔案。

「好啊！我再寄給妳。」她又仔細把我選中的那張看一遍，這才飲恨說：「討厭，偏偏這張妳拍得最好。」

「嘿嘿！妳的相機喜歡我吧！」

「它敢！」

湘榆作勢要把它往外丟，一個沒拿穩，結果摔在地板上，當機了。

「啊——怎麼這樣！真的跟我作對喔？」

有人建議她重新開機，或是把電池拿出來再放進去，那些辦法都沒用。

「要不要拿給我哥修修看？他還滿會修這種電子產品的。」

我這麼一說，湘榆先是面無表情，接著兩枚雙眼喜出望外地發亮。

不過，她還是故作不屑，「那個大叔有那麼能幹嗎？我才不相信。」

「那不然就算了。」

「可是！給他一次表現的機會……也不是不可以啦！」

其他人開始興致勃勃追問她「大叔」是誰，認識大學生這一點令湘榆頗爲得意，她一面形容「大叔」這個人，又一面賣弄關子。

湘榆當然不是走可愛路線的女生，不過現在的她眞的好傻氣呀！

下午，我和湘榆走散了。原因是她在半路被別班的男生叫住，反正又是要約她一起散步之類的。我在一旁枯等了幾分鐘，湘榆都還甩不掉他，她揮揮擺在背後的手，示意要我先走。

我和其他同學到原住民部落去做作業。今天的戶外教學還得交作業，就是要寫出原住民部落區有哪幾族的房屋，最好還能畫出房屋的外貌，這樣操行成績就可以加分。

不知不覺，我和那些同學也走散了，湘榆還不見人影。停車場並不遠，乾脆慢慢走過去等她們好了。我戴上耳機，打開隨身聽，音樂前奏一下，原本晴朗的天空便開始飄雨。

我習慣性伸出手，雨點卻敲在鼻尖上。早在搭纜車時就留意到天氣轉陰，只是沒料到眞的會下雨。

我快步跑向那片美侖美奐的花園，記得那裡有兩座哥德式的鐘樓，可以躲雨。

在鐘樓，我拍掉髮絲上三三兩兩的雨水，一場突來的驟雨把遊客都趕走，那麼華麗的花園現在顯得幾許寂寥。

「啊！對了。」

我想起一件事，將背上包包卸下，正要打開，遠遠，就看見顏立堯往這邊衝。

他依然跑得飛快，跟國三那年我所見到的一模一樣，能夠一路奔向任何終點，是那麼所向無敵。

「哇！」

他似乎沒發現我，一衝進鐘樓就差點跟我撞個正著。

我一個箭步退後，他也抽身跳到大柱子旁，隔著小小的噴水池，我們驚魂未定地對望。

「妳也來躲雨？」

「呃……嗯！」我緩緩摘下一邊耳機，將背包背回去。

「咦？妳的死黨呢？」

「湘榆嗎？她可能還在後面。那你的死黨呢？」

「程硯喔？那傢伙留在部落區那裡不肯走啦！我實在搞不懂這種遠足的作業做得那麼認眞幹麼。」

「就是呀！而且跟操行又不相干，爲什麼會挑在那成績上加分呢？」

我陪他有志一同地質疑起這份作業的正當性。顏立堯挑高一邊眉毛，用一種說不上來的表情瞄我，隨後問：「話又說回來，妳做完了吧？那個莫名其妙的作業。」

「做是做完了……」

「太好了，借我抄吧！」

我瞪大眼睛！雨勢愈來愈大，他的笑臉卻十分陽光。

「反正下雨天哪裡也不能去，抄作業起碼還有點建設性。」

我很無言，不止因爲生氣，還有他那亂七八糟的邏輯。

「妳放心，我不會全部照抄的，會把它抄得不像是……」

「夠了，拿去，你不用解釋。」

我把自己的作業借給他，兀自走到台階坐下。顏立堯則盤腿坐在小噴水池下方，聚精會神地抄寫。

我屈起雙腿，雙手拄著下巴，面對濕答答的雨景悶悶生氣。難得和喜歡的男生共處在浪漫鐘樓，還遇上氣氛十足的雨天，結果對方只顧著抄作業，沒人像我這般悲慘吧？

迷濛的細雨中，對面另一座鐘樓下也有人在躲雨，是情侶的樣子。男人從後方環抱著女朋友，臉頰溫柔貼覆她的臉，偶爾聞聞髮香，女生則小鳥依人地窩在男朋友懷中，一起凝望這場雨，而雨會不會停再也不重要了。好動人的畫面喔……

「妳在偷看人家？」

男性的低音倏地擦過耳際，我嚇得往旁邊閃，顏立堯仍舊蹲在地上，興致盎然地直盯另一頭的鐘樓看。

「拜託你，不要一聲不響地到我旁邊。」

「爲什麼？」

「會嚇到我。」

他臉龐爲之一亮，充滿興味，「很少女生會被我嚇到的。」

對於他那句自大狂般的話語，我有些反彈。

「不是每個女生都喜歡在你身邊打轉。」

我也不喜歡。我要的是，有一天，你會在我身邊打轉。

顏立堯聽完我的直言不諱，停頓，又笑了，「然後呢？」

「……沒有然後。」

奇怪，我就是對這個人沒轍。雖然很喜歡他，卻無法更深入了解。

打在地面的雨水濺上我穿著涼鞋的腳趾頭，我縮縮腳，顏立堯則繞著小噴水池踱來踱去。

顏立堯說，以程硯謹慎的個性來講，他一定有帶傘，可偏偏苦等他不著。

「那傢伙在幹麼啊？」顏立堯翹首向遠處張望，「照理說也該走到這裡了吧！」

他又叫我放心，這種鬼天氣一定很快就會放晴。

我才不擔心呢！反而深深感謝這場雨。況且，方才被我打開又合上的背包裡也有一把傘，我沒有拿出來，是故意的。對不起，對不起，對不起呀……

我們在鐘樓無事可做，他這才將注意力轉移到我的隨身聽。「妳從剛剛到現在都在聽什麼？」

「嗯……梁靜茹的歌。」

「是喔！我也要聽。」

他在我身邊的台階坐下，厚臉皮地伸出手。我可以凶他，也可以損他，卻不懂得怎麼拒絕他。

我把另一頭耳機交給顏立堯，我們兩人一邊耳朵各戴著一只耳機，聆聽相同的歌曲。

隨身聽正好播放《勇氣》這首歌，是一首勵志而溫暖的曲子，我以為身為男生的他應該不會對這類抒情歌曲有興趣，誰知他很專心傾聽，聽著耳機傳來的字字句句。

觸人心弦的旋律悠揚詠嘆愛一個人的小心翼翼和勇敢的決心。這首歌說了好多，我卻什麼也不能說出口，為什麼我就是不能再擁有多一點點勇氣？

我喜歡你，好喜歡你……

我感受得到他距離我不到一公分的身體暖度，當他偶然抬起眼，沒什麼意思地對我微笑，那溫度便沿著相連的耳機線熨上我的臉，我的胸口跟著一發不可收拾地發酸，然後，他彷彿發現了，收起笑，先一步不自然地移開視線，我也倉皇面向空無一人的雨景，懊惱閉眼。

多希望自己聽的是high翻天的搖滾歌曲或是搞笑的相聲，就不會被那些刻骨銘心的歌詞弄得這般尷尬。

顏立堯再次將臉轉過來，輕輕問：「很好聽。妳剛說這是誰的歌？」

「梁靜茹，我喜歡聽她唱歌，還想去聽她演唱會。」我也很配合地小聲回答。

「那就去啊！」

「不可能啦！每次都在台北辦，好遠喔！我爸不會讓我去。」

「這樣啊！」他為我感到惋惜，隨即又想到好辦法，「趁妳生日那天許願要求不就好了？壽星最大啊！」

「我……」我有點難以啓齒，他八成忘了吧。「生日那天是我媽媽的忌日，沒在慶祝的啦。」

顏立堯一臉恍然大悟，拜託你千萬別跟我道歉或是可憐我。

「那是兩回事呀！」他說。

「就算是兩回事，我也沒辦法快快樂樂地過生日。」

我對這個話題反感，即使聊天對象是顏立堯，也不希望他再繼續下去。

然而，顏立堯不死心，從向陽的角度提點我，「又不是要慶祝妳媽媽過世，慶生的意義是，妳媽媽成功地把妳生下來，她辦到了。」

「……」我深呼吸，剎時覺得換氣不過來，「要是她後悔呢？」

「什麼？」

「要是媽媽她……後悔把我生下來呢？」

我從來沒機會認識這個人，所以不會爲她的死亡感到傷心，頂多也只爲自己沒有媽媽這件事遺憾而已。我一直深深害怕的是，如果媽媽有選擇的機會，她會不會很後悔把我生下來？

這些事，就連爸爸和哥哥我都沒跟他們提過，顏立堯卻逼我講出來，我眞討厭現在的他。

「妳想那種事有什麼用？」他居然雲淡風輕地發笑，「要問妳媽媽本人才準啊！」

我生氣地把耳機拔回來，不借他了。「需要問嗎？不管是什麼人一定都會想活下去的吧？一定會想去經歷往後五十年、六十年的人生不是嗎？所以，我媽媽一定也是那樣！如果早知道生下我之後就會死，說不定她就不會那麼做了！」

我真的很生氣，氣得都快哭出來了，只是到底在憤怒什麼卻搞不清楚。這時的顏立堯反倒不回應我激烈的想法，他沉靜望著我，這樣深邃的凝視，和去年我在福利社後面撞見他正看著天空出神的側臉相似。

許久，他輕聲說：「嗯！妳媽媽一定很想活下去。」

我圓睜驚忡的眼眸，看著他。他說了，斬釘截鐵地說了，而我的眼淚就這麼毫無預警地淌下。

不是心裡沒有個底，只是當有人那麼明白而殘酷地告訴我時，還是會大受打擊！

顏立堯神情歉然，而我的淚水止不住，像雨，潸潸而落。

「可是，話又說回來，如果妳媽媽沒有把妳生下，她會不會同樣後悔一輩子？」

我別開頭，將半張臉埋入膝蓋，不想讓他見到我哭泣的模樣，「我怎麼會知道……」

「那就……等哪天到了天堂，再向妳媽媽問清楚吧！」

「不要拿這種事開玩笑……」

「我沒有啊！在妳上天堂之前，」他將手掌放在我頭上，「就先好好地活著吧！」

我不是小孩子，他溫柔的力道竟意外地有撫慰作用，因此當我慢慢掉頭面向他，好不容易就快風乾的眼眶再度濡濕起來。

「你想說，連同媽媽的分活下去嗎？」

「才不是。」他笑一笑，「萬一妳在天堂眞的聽見她說她很後悔，妳就可以說『可是我活得很幸福，謝謝妳』，這樣。」

終究，他還是讓我才停住的淚水一顆、兩顆地落下，只是這一次我是笑著掉淚的。

「如果眞的能見到她，那就好了……」

顏立堯靜悄悄的，只是側著頭凝然面對我，他有時會出現那樣神祕的表情。我們並肩的手臂不知不覺貼近、碰觸在一起，我被淚水模糊的雙眼看不清他的臉孔，視線中只剩下他挑染過的暗色棕髮，還有髮梢後方那一片淅瀝瀝的雨景。

顏立堯吻了我的臉。

他在那個雨天親吻我的臉頰……

而我打了顏立堯。

那只是一個吻，沒有什麼。我不斷地告訴自己。

上課的時候告訴自己，檢查考卷答案的時候告訴自己，甚至在洗手台前照見鏡中倒影時也那麼告訴自己。

距離鐘響已經十分鐘，整間教室還鬧得雞犬不寧，湘榆從她座位朝我使了幾個眼色，換來我一臉問號，索性衝到我桌子旁。

「小姐，該管一管吧！就算是自習課也太誇張了，小心吵到輔導室那邊去。」

「喔……對。」

我合上已經十分鐘都沒翻過頁的課本，起身，吸氣，準備朝萬惡之首喊去，霎時和顏立堯的視線對上。

「不、不要講話！」

那是我第一次在管秩序的時候口吃……

全班倒是很有效地噤聲三秒，看向我，然後一起哄堂大笑！

連女生都笑說明儀好可愛喔！

我的臉「轟」地爆紅，雖然很想把這些人鎭壓下去，但是心有餘而力不足啊……

而且，好想哭喔！眞不知道我在感傷什麼，神經病！

這時，程硯放下書，站起來。

「夠了沒？要吵下課再吵。」

他不吼也不叫，四平八穩的聲音卻比我更有力地讓大家都乖乖閉嘴。

程硯是班長，平時很少主動維持秩序，這次會罕見地出面，應該是我太沒用的緣故。

自習課下課後，我躊躇半天，還是決定過去向他道謝。

他正在把桌面上的計算紙收到抽屜。見到我悄然來到的雙腳，才抬起頭。我爲那雙清明的黑眸微微地嚇了一跳。隨著歲月的累積，他的瞳孔愈發透明清澈，什麼也干擾不了。

「剛剛謝謝你幫我叫他們安靜。」

程硯聽完我的話，繼續動手收拾他的書本，「沒有讓他們安靜，是妳沒做好妳的工作。不用跟我道謝。」

「……」

我無話可說。程硯的出面沒有改變我辦事不力的事實。即使他讓我碰了一鼻子灰，他並沒說錯，那更令我覺得沮喪。

我想出去洗把臉，誰知才踏出教室，顏立堯正好要進來。

迎面而來的相遇讓我們變得愕然、緊繃，顏立堯倒是恢復快速，他開口狀似要說話。

在那之前我搶先從他身旁縫隙閃過，逃出去了。

其實，那個輕得不能再輕的吻，是非常非常大的問題！

回到家，癱在沙發上的哥哥正在看球賽轉播。

「哥，你沒課啦？」我一面脫鞋問道，聲音掩不住心中的驚喜。

「嗯！」他還是慵懶地盯著螢幕，隨後想到另一件事，「爸剛打電話回來，說他今晚會回家吃飯。」

「喔！好。」

哇！連爸爸也會在家呢！該煮什麼好呢？冰箱好像什麼都沒有了，去一趟黃昏市場吧！

「對了，這個。」哥哥坐好，從沙發角落拿出一只相機放桌上。「那ㄚ頭的，修好了。」

「哇！眞的修好啦？」我崇拜地走上前，本來要拿走，又臨時收手，「我看……我打電話叫湘榆來拿好了。」

「啊？」哥哥嘴巴歪斜得厲害：「明天上學給人家就好了吧！」

「嘿嘿……她急嘛！」

感謝我吧！湘榆，幫妳製造機會呢！

重新穿上還暖熱的運動鞋，我斜睞著哥哥，沒來由地想起顏立堯。他們都是男生，男生會親吻女孩子……是代表喜歡她嗎？可是顏立堯從來沒有表現出他喜歡我，他甚至牢牢記得自己不再交女朋友的誓言，那麼，他到底爲什麼要親我？

哥哥發現我忖度的目光，莫名其妙。「幹麼？」

「……沒有，我出去買東西。」

向自家哥哥問這種事情很怪，會講得好像我被性騷擾一樣。

事實上，我的確被性騷擾嘛！他涼涼的嘴唇才離開臉龐，我整個人也傻掉了，完全不懂他爲什麼那麼做。因爲一片混亂，所以那當下我一掌往他臉部打去，不是甩巴掌，而是將他過分靠近的臉用力推開！

顏立堯被我的舉動嚇到，他往後倒，一手撐住地面，另一隻手摀住鼻子。

「好痛……」

聽見他低聲說好痛，我慌張站起身，掉頭往外跑，「啪啦啪啦」地踩過一地積水，一路奔向停車場的遊覽車。

之後，我們就沒再交談了。

過幾天的體育課，老師要全班跑操場，大家又抗議又裝可憐都沒用，只好跑到操場去咒罵老師。我倒無所謂，跑步可以讓我想很多事，或是不去想任何事。

向來很少有人能跟上我的腳步，現在卻有另一雙腳加入跑步的節奏，我往一旁看，是顏立堯！他照樣咧開那種無辜的燦爛笑意。

我轉過臉不理他，於是他問：「妳打算永遠都不跟我講話嗎？」

什麼嘛！應該是他在親我之前才要先說清楚吧！

「如果妳眞的不想跟我講話，那我就當作算了喔？」

又是那副全世界以他爲中心的態度！別拿我跟其他被迷得團團轉的女生相提並論啦！

我故意加快速度，跑離和他並肩而行的位置，而他並沒有追上我們拉開的距離。

顏立堯該不會以爲任誰被他那麼一親都會很開心吧！在他眼裡我是那樣的女孩子嗎？可是我不要，如果不能獨佔他的吻，我就不要！

啊……好糟糕，又想起那個吻了。

晴空底下，他的吻，把那個雨天的記憶帶了進來。我想起雨滴打在路面積水的聲響，清脆的穿透力像極顏立堯當時所說的話，不遮遮掩掩，不語帶模糊，他對我說的那些言詞並不像別人皮笑肉不笑地安慰我，他是發自內心的，甚至是頗有感觸才會講出那種話語。雖然不曉得爲什麼我會有那份感覺，不過，顏立堯不是在捉弄我。

我抬頭，在面前延展開來的天空呈現龐然無邊的藍，白色雲絮橫向揮灑，寬闊的景致在我胸口膨脹，化作無以名狀的力量。

那股力量推了我一把。我以衝刺的速度跑完一圈，回到剛剛跑道，顏立堯還站在原地，他一直看著我跑完全程。

這一次，不再逃避，我跑向他，在他面前停住，艱難地喘氣。

我的來到令他意外，他直挺挺站立，耐心等待我能夠開口。

我嚥下一口水，有髮絲貼在汗濕的耳鬢，模樣並不漂亮，兩個人在跑道面對面也十分顯眼，這實在不是一個追根究柢的好時機。

「你爲什麼……要親我？」我終於問。

顏立堯並沒有立刻回答，他和我對望一會兒，才說：「不知道。」

「不知道……那是什麼意思？你覺得好玩才那麼做嗎？」

眞叫人心碎。當眞被我猜中，他是抱著玩世不恭的花花公子心態嗎？

「不是因爲好玩。」顏立堯解釋，解釋得連他自己都不很確定，「好像是因爲我們當時聊的事，又好像是因爲妳哭了。總之，就是想那麼做。」

我從沒預料到他的理由會那麼隨性！早知道就不問了，他連一個確切的答案也不給我。

「那，你喜歡我嗎？」

我如履薄冰，將那個脆如玻璃的問題問出口。顏立堯凝視著我，如此深入透澈，彷彿能捕捉住那個隱瞞「喜歡他」這個祕密的我。

「……不知道。」

又是不知道？我感覺踏在跑道上的雙腳正開始陷進絕望的泥沼。

「不要敷衍我，太過分了……」

「我沒有敷衍妳，如果眞的存心敷衍，什麼話都答得出來喔！不過，正因爲不想說謊，所以……」

「所以……？」

他的白色運動服在風中輕輕翻飛，和他此刻給人的感覺同樣舒服，「我也有『不知道』的時候，不是嗎？」

我的臉龐對映著他的潔白上衣，微微泛紅，是櫻花初開的顏色，而方才所鼓起的勇氣一如天空那般蔚藍，好像在它底下我哪裡都能去。今天是個色彩鮮明的日子。

這樣的日子裡，他的「不知道」……簡直太奸詐了。

——我故意和你不期而遇，我故意粗心大意，我也故意迷上你喜歡的歌曲。我做的許多「故意」只為了有一天會不會不小心愛上我的你。

【第五章　幸福】

我還是不小心睡著了。

大概是程硯在旁邊開車的緣故，感覺特別安心。

現在正值炎炎盛夏，我卻作著那年冬天的夢。

夢中的操場陳鋪著乾冽的顏色，顏立堯站在冷清的草地中央，身旁停放一輛腳踏車，脖子上的鐵灰色圍巾加深了他瞳孔的顏色，烏黑明亮，裡頭含著柔情似水的笑意。

他賴皮地朝我敞開雙臂，「不要生氣了，來嘛！」

我背著書包，賭氣地僵持一會兒，往前慢吞吞走了一步、兩步、三步，最後輕輕露出沒轍的笑容，朝他奔去。

等我真的來到草地中央，顏立堯不見了，就連腳踏車也消失無蹤，剛剛搖曳的圍巾只是天邊一道拉長的飛機雲，灰撲撲的天空底下什麼都沒有，是一個寂寞的夢。

我來了，但，你在哪裡？

這麼想念你，爲什麼這份心情傳達不到你那裡？

顏立堯，你在哪裡？

哪裡都找不到你……

「到了喔！」

有誰推推我的肩膀。有一度，我以爲那是顏立堯的聲音。匆匆睜開眼，放送中的冷氣竄進暖洋洋的眼眶，才看清楚叫醒我的人是程硯。

「我睡著了？」

我張望四周，車子正停在家門口。眞不好意思，我怎麼會睡得那麼死……

「沒有睡很久。」

程硯打開門鎖，沒有熄火。我拿著行李下車後，他只是站在他那邊車門口，並沒有逗留的打算。

「謝謝你載我回來。」我按按睡得發昏的腦袋，小心探問：「剛剛……我有說什麼夢話嗎？」

「……沒有。」

我放心地鬆口氣，邀他進屋，「要不要進來休息一下？」

「不用了，我媽急著要我回去。」

他薄薄的唇角禮貌性上揚，程硯也會笑的，是顏立堯永遠也學不會的沉穩內斂，而且程硯不會說謊。

他說我沒有說夢話，那就是真的沒有。

「那，同學會見了。」我向他輕快地搖搖手，轉身走向家門。

「蘇明儀！」驀然，他出聲喚我。

我停住，回頭，和他稍顯急切的眼神四目相視的那一刻，竟怦然心動了一下！

他從沒那樣叫過我，那樣衝動……而欲言又止。

「什麼？」這樣的程硯叫我心慌。

Sandy說，現在的程硯代替著顏立堯照顧我，而我太怯於聽見真正的答案以至於不曾向他求證。我不想從他身上得到同情，又害怕他的溫柔不只是同情而已。

顏立堯一消失，我和程硯之間便自動浮出一條界線，我們都知道它的存在，我們都放在心底。

程硯還是決定放棄，他抱歉地，「沒有，妳進去吧！同學會見。」

程硯不會說謊，但，有些事，他不一定會說。

客廳桌上留著一張字條，是哥哥寫的。

「帶寶寶打預防針，爸出差，晚上一起出去吃飯。」

「沒有人在家呀……」

屋裡還有冷氣剛熄掉不久的清涼，我丟下行李，在空曠的客廳晃一圈，決定去浴室洗洗臉清醒一下，這才從鏡面發現臉龐兩道幾乎看不見的白色痕跡。

原來，沒有夢話，有的，只是因為那個夢而掉下的寂寞眼淚。

✧

顏立堯為什麼親我的臉頰？不知道。

顏立堯到底喜不喜歡我？不知道。

「不知道」的狀態還要維持多久？

沒有人知道。

在一次冷鋒過境後，冬天便無聲無息地來臨。

全校學生換上冬季制服，深靛色的厚重西裝外套一搭上，就算再野的孩子也平添幾分穩重氣質。

朝會的時候，我從隊伍後方恣意看著前面的顏立堯，他側著頭，不管程硯的漠視，一逕兒找他講話，笑起來依然帶著淘氣的調調。不過他的肩膀讓西裝外套理出平整的肩線，看上去好寬闊，一下子長大好幾歲似的。

就這樣，整個朝會，我只聽見自己心臟跳得亂了拍子的聲音。

站在鄰排的湘榆逮到我情不自禁的視線，朝我扮鬼臉，隨後和我甜甜竊笑起來。

輪到我當值日生那天，我的同伴請假沒有來，所以今天過得有點忙，幸好湘榆會幫我，只是放學時間一到我要她先回家，我可以自己倒垃圾、擦黑板、關門。

忙一點比較好，因為今天是我的生日，不是太多人都知道。

「可是我想跟妳一起吃蛋糕，有推出北海道鮮奶的口味耶！」

湘榆曉得我不慶生，所以每年這一天她總會故意在放學後邀我去咖啡店點塊切片蛋糕來吃。

「明天再去呀！我有五十元的抵用券放在家裡，明天拿來。」

「還是今天去啦！沒有抵用券又沒關係。」

「可是它截止期限快到了耶！明天我帶來再去吃吧！」

湘榆拗不過我，只好先回家了。接著其他同學也一一離開教室，半個鐘頭不到，整間學校的學生好像都走光一樣。

我擦完黑板和講台、洗淨所有的抹布又晾起來，粉筆也補充好了，剩下的倒垃圾工作比較頭大，不過一個人慢慢搬也不是做不到的事。

幸好今天垃圾不多，雙手使勁一抬，倒也讓我把整個垃圾筒搬起來，然後倒退步出教室門口。就在這時候，有個冒失鬼撞上來！我沒跌倒，是垃圾筒翻了，裡面的衛生紙團、鋁薄包裝的飲料灑一地。

我定睛看清楚那個冒失鬼是顏立堯，他正面對地上的慘狀作出搞砸的表情。

「完了……」

站在他身後冷眼旁觀這一切的則是程硯。

「妳果然一個人在做這些事啊？幹麼不找人幫忙？」

顏立堯剛問完，就被程硯吐槽，「還說？你害她工作變多了。」

程硯逕自走進教室，從儲藏櫃拿出掃把和畚箕，顏立堯則徒手一一撿起那些飲料罐。

不消一會兒工夫，他們把地面整理得一乾二淨，我也停止發怔。

「你們怎麼來了？」

「阿硯說今天值日生好像只有妳一個，妳打算怎麼倒垃圾？」

顏立堯還是沒有回答我的問題，我看向程硯，他注意到我落單嗎？好意外！

程硯對於我的驚訝視而不見，轉而對顏立堯說：「我們去倒一倒吧！」

「啊！我……」

我正想說讓我自己來，程硯就以班長的口吻下達指令。

「妳去幫忙寫日誌。」

「是。」

我這才想起，請假的另一位值日生她是學藝股長，今天的教室日誌沒人寫。

我把日誌拿到教室寫，努力回想今天上過哪些課，寫到一半的時候顏立堯提著空空的垃圾筒回來了。

「程硯呢？」

「他回去打球了。」顏立堯將垃圾筒放好便出去洗手，提高音量告訴我，「我們本來在籃球場跟別班的打球，他突然想到今天只有妳一個人值日。」

語畢，顏立堯也走進教室，外面夕陽逆著光投映出他的身形輪廓，不同於以往熱鬧的教室門口，單薄的影像讓我意識到現在只有我和他，我們而已。

我開始緊張。

「還沒寫完？」

他繞到我前面的座位，見我埋頭不理他，逕自坐下。他身上的制服一進入眼簾，我的心臟也快跳出來了！

「謝謝你幫我倒垃圾，我快寫完了，你回去打球吧！」

顏立堯像是聽出我話中的打發意味，故意賴著不走，撐住一邊臉頰，目光固定在我的筆跡上。

我完全寫不下去！

「你有什麼事？」我停下筆，抬頭看他。

「沒事。」他簡潔有力地回答，然後繼續盯著日誌。

那你就不要待在這裡啦！也不要看我寫字，我的字很醜，而且現在該寫什麼，腦袋已經一片空白了……第六節課是國文，進度是……是……

「sinA+sinB等於？」

顏立堯冷不防出聲唸了三角函數，我本能打住，認眞思索，接著居然乖乖回答，「2sin[(A+B)/2]cos[(A-B)/2]……你幹麼啦？」

他只是笑而不語，我重新面對日誌內容，發現剛剛想到的國文進度全忘光了！

「……你不打算讓我好好寫日誌就對了？」

「今天是妳生日，爲什麼留在學校寫這東西？」

我暗暗訝異，「你怎麼知道是我生日？」

「放學遇到秦湘榆，她說的。」

湘、湘榆這個大嘴巴！

「我又不慶生，那麼早回去反而尷尬。」

況且，如果回去發現沒有半個人在家，會更難過。我低頭寫字，佯裝這沒什麼大不了。

「這樣，那要不要我幫妳唱生日快樂歌？」

我笑了，「不要，你五音不全。」

他忽然眼睛一亮，好像收到禮物的孩子。「咦？又笑了，眞稀奇。」

「什麼稀奇？」

「認識妳到現在，妳對我笑的次數用兩隻手也算得出來喔！妳最常罵我『顏立堯！不要講話！回座位啦』。」

原來我給他的印象一直都是凶巴巴的，唉！

「不喜歡我凶你，就別老是帶頭作亂。」

「不會啊！妳凶起來也很可愛。」

我歇住忙碌的筆，怔怔的。而顏立堯並不在意自己說了什麼特別的話，轉頭面向窗外平射而來的夕照，輕輕說句「今天好冷」，他一開口，便呼出白色霧氣，讓他附近的空氣都朦朧起來。

他的頭髮有打球時沾上的泥沙，迎著嫣紅的晚霞化作閃閃發亮的粒子，灑落在他與我相隔不到三十公分的距離之間。

爲什麼剛才我會希望他趕快離開呢？雖然總是緊張到不能呼吸，其實和他在一起都很快樂，就算是言不及義地有一句沒一句，這樣的時光比什麼都美麗。

什麼時候我也能跟他一樣，相處起來可以很自然、無拘無束呢？

我在他開始下一個動作之前先移開眼睛，他制服袖子掄上去，拄在桌上的前臂有明顯擦傷，血跡斑斑。

「你的手怎麼了？」

「喔！」他反手看一看，無所謂地說：「剛剛打球摔傷的，沒怎樣。」

說起來，顏立堯對於自己非常不在乎，淨做些危險的事。有一次他在同學起鬨下還爬到三樓的水泥圍欄上表演走獨木橋，被路過的教官拉下來訓斥十分鐘之久。

「再去把手洗乾淨，然後貼ＯＫ繃。」

「啊？傷口東一塊西一塊的，ＯＫ繃不夠貼啦！」

「至少把最嚴重的傷口貼起來，快去。」

對於我不小心轉為嚴厲的口吻，他愣愣，接著又變得開心了。

「好吧！風紀。」

似乎……真的不討厭我凶他呢……

顏立堯將手臂上的泥沙沖洗乾淨，回到我的座位前，安分地讓我把書包裡備用的ＯＫ繃貼在他的傷口。

膚色膠帶黏上他皮膚，和他在保健室初次相遇的情景也浮現腦海，兩年前我也做過同樣的事呢！想著想著便悄悄臉紅著。

「妳知道，妳不該當風紀的。」

「不然呢？」

「衛生股長最適合妳。」

「爲什麼？」

「妳給人的感覺是療癒系的。」

因爲我老是在幫他包紮傷口？

「這麼說不太好，不過，不喜歡慶生的妳總是會提醒我……生命的難能可貴。」他停一停，看看我，靦腆地笑起來，「我好像說了很肉麻的話。」

會和我談生命或人生的男生，世界上應該不會再遇到第二個了吧！

「我不是……不愛惜生命喔！只是覺得，我的人生是用另一個人的人生換來的，怎麼也沒辦法任性地享受它，像慶生那麼幸福的事，怎麼可以只有我獨享而已……」

「爲什麼不可以？我說過，慶生的重點是在於『蘇明儀』來到這個世界上了，這也算是一件幸福的事。」

「哪裡幸福？」

不管我的困惑，他微微低著眼，撥動手指數算著，睫毛光影覆在臉上的姿態愜意得和他在保健室熟睡的模樣相似極了。

「嗯……妳是堅強的女孩子，不做作，跑步很厲害，又會安慰人，和妳在一起感覺很……很『天然』，呵呵！講得好像妳是有機蔬果，所以，被妳喜歡上的男生一定很幸福。」

我不是因爲他稱讚我才感動，是因爲一種心貼著心，被理解的熾熱感受止不住地泉湧，湧上眼眶，以至於我的視線、我的聲音都輕輕顫抖。

「那，你現在幸福嗎？」

這是一間空曠的教室，安靜的聲音在回蕩，望著原本掛著笑意而逐漸會意的你，一直努力在避嫌的我還是不說「喜歡」了。

我問你，幸福嗎？

一個寒冷的冬天，一個放學的傍晚，我告白了。大概。

那不是事先計畫好的，事實上我從來就沒有告白的打算，卻被一道無以名狀的感動慫恿，就那樣脫口而出。

歸途上，來回交錯的雙腳還沒有踩踏地面的實在感，就這麼茫茫然地飄回家。

隨著時間一分一秒過去，我也愈來愈意識到那句話所代表的意義，這才開始曉得害怕。

「怎麼辦——」

我抱著棉被又翻滾又煩惱，索性打電話向湘榆那位戰無不勝的女神求救。

「啊——妳告白了？天哪！天哪！真的嗎？蘇明儀妳出運啦！」

我迅速將傳出尖叫聲的話筒拿離耳朵，這湘榆怎麼比我還混亂？

我擔心的事好多好多，明天上學該怎麼面對顏立堯？我的告白會不會造成他的困擾？以後，還能像朋友一樣嗎？

「笨蛋，妳告白是爲了以後能繼續當朋友嗎？」湘榆在那頭魄力十足地開罵，「不要天眞地想要左右逢源，告白要有孤注一擲的決心！就算當不成朋友，起碼妳有誠實的勇氣，是不是？」

「如果因爲我的誠實，卻害他很傷腦筋呢？」

「那是他的歷練，妳替他操什麼心？」她大人樣地，三兩下便爲我解惑。

之後，我蜷曲在被窩，大部分時間都在聆聽湘榆曉以大義的開導，她要我就算被拒絕也別氣餒，還要我千萬別對告白這件事感到後悔。她說，很多人都想做跟我同樣的事，最後都無疾而終，但那份沒能說出口的遺憾並不會隨著時間消逝，只會不斷加深而已。

我專心地聽，偶爾「嗯，好，我知道」簡單回應電話那一端的湘榆，不敢說太多，深怕她聽出我聲音中的哽咽。

我明明是這麼勇敢，卻爲什麼想哭？眞不明白。

終究無眠了一整晚。

儘管如此，居然又在日出時分不小心睡著，驚醒後看鬧鐘，我只剩十分鐘可以趕去學校！

三步併兩步衝下樓，連領帶都順手抓著，打算到學校再戴上。就在玄關蹦跳著忙穿鞋，差點和進門來的哥哥撞上。

險些有肢體上的碰觸，讓我們兩人都不自然閃避。哥哥倒是因爲我還在家而驚訝，不過當他見到我匆匆忙的樣子便心知肚明。

「快遲到囉？」

「嗯！啊！我的書包！」

沒空再脫鞋，我又衝回房間拿書包，再下樓，哥哥手上已經多出一串車鑰匙。

「……我載妳吧！」

他的眼睛沒看我，淨纏著自己俗氣的藍白拖。而我傻呼呼地小嘴微張，學校會遲到的事已經遠遠拋到腦後去了。

車上，坐在哥哥身邊，感覺比昨天的告白還要緊張，我不敢亂動，甚至不敢用力呼吸。哥哥在市區飆出八十公里的時速，還連闖兩個紅燈，牢牢握著把手的我，高興得心情像緊繃到極限的弦，再多一點點，就會「咻」地斷掉一樣。

由於哥哥的鼎力相助，我順利趕在關門前兩分鐘到校。湘榆也才剛到，她認出哥哥的車子，跑過來，見到我下車就更吃驚了。

「妳搭妳哥便車呀？」

「是啊！」

幾個路過的學生回頭多看我們一眼，嘿嘿！就讓我得意一會兒吧！

「大叔，你幾時這麼好心，懂得護送妹妹來上學啊？」

湘榆探頭嘲弄車裡的哥哥，哥哥也不是省油的燈，以畢業校友的老資格冷哼一聲。

「我是看不慣母校教出你們這些遲到敗類，心痛啦！」

「痛死你最好！你這個遲到達人能順利畢業才是奇蹟呢！」

「喂！咒我？我掛了誰幫妳修相機？妳才應該心痛才對。」

湘榆瞪大雙眼，嘴唇抿成一條線，非但罵不出半句話，臉頰還困窘地發紅。

「怎麼樣？知道要感恩了喔？」

面對哥哥不解風情的洋洋得意，湘榆用力扯下書包上的公仔吊飾，使勁扔向哥哥。那是鋁合金做的小丸子公仔，才飛進車立刻就聽見清脆的聲響和慘叫。

「夢話等你睡著以後再說啦！」她抓住我，把我拉往校門方向，「明儀，我們走！」

湘榆嗆辣的氣魄讓我們在大家的側目下離去。

這一戰，我想是哥哥略勝一籌。因爲湘榆直到進了教室，還在爲哥哥大呼小叫，我無奈地聽她數落，偶爾還得點頭認同，這時，顏立堯和程硯進來了。

兩位名人一現身，全班的聚光燈都打向他們，一下子熱鬧明亮。

我下意識別開臉，不想被那邊的光線照到，不希望他發現我。

「蘇明儀，妳給我抬頭挺胸！」

湘榆壓低聲音凶我，我強逼自己轉向他的座位，顏立堯正纏著別人跟他換今天值日，他說今天打算睡一整天，不想太忙。

爲什麼？他昨天也沒睡好嗎？不可能吧！我想，告白的話他應該聽多了，我那句不起眼的話對他而言一定不算什麼，或許他沒有我想像中那麼煩惱也說不定。

「好麻煩喔……」

顏立堯碎碎唸著唸著，拎起抹布，我以爲他要認命去工作了，正想叫住他而起身，他又轉身用手臂勒住剛剛被他纏上的人。

「喂！跟我換啦！」

「抹布！抹布！你害我吃到抹布了啦！」

啊！他又跟別人說話了……

看著他們男生粗魯地打鬧，我吃了閉門羹只好合上嘴，本來想坐回去，忽然，顏立堯放開打算反擊的同伴，精神抖擻的目光落在我身上。

「什麼？」

「咦？」

「妳不是要找我嗎？」

哇……他知道我要找他嗎？這算不算有心電感應呀？他是不是……是不是也在留意著我的一舉一動？

「呃……昨天你和程硯幫我做值日生的工作，我今天可以、可以幫你。」

他愣一下，「妳要說的就是這個？」

「嗯……」

「不用啦！幫來幫去，簡直沒完沒了，我看下次我們一起當值日生比較方便。」

於是顏立堯快快樂樂地拎著抹布離開了。

我站立在自己座位，在小得幾乎察覺不到的悸動中思索著他一如往常的善良與開朗，我想，就算他要拒絕我，也會帶著那張可愛的面容吧！

原來我和湘榆一樣傻，一句無心之言可以左右我們的心情，起起落落，起起落落，然後依舊感到蜻蜓羽翼般透明的幸福。

日子一天天過去，我的告白也就要隨著時間流於不了了之。

湘榆沉不住氣，三番兩次要我去問清楚，我不問，她就要問。

「他一定會告訴我的！」不知打哪來的氣勢，我異常地信誓旦旦。

不是因爲喜歡他才幫他講話，而是眞的認爲他不是那種連回覆都做不到的膽小鬼，曾經那麼保護女朋友的顏立堯，不會拿感情這種事開玩笑。我覺得他需要時間來思考，即使是拒絕，他也需要好好地想一想。

偶爾，當周圍同伴吵成一團的時候，他會無意間出現心事重重的樣子，像是煩惱很多，又像是什麼都不想。直到我叫喚他第三次，他才如夢初醒地看我。

「上課了，回座位。」我試著恢復風紀該有的樣子。

「啊……喔！」他回頭瞧瞧走廊上的廣播器，似乎想不起剛剛有沒有敲鐘，然後舉手巴了同伴的頭一掌，「喂！上課了啦！」

他的同伴下巴都快掉下來了。這才不是顏立堯！平常他一定會推三阻四地賴皮一番，甚至痞痞地對我開起玩笑。我狐疑的目光隨著他回座位，他一坐下，把課本從抽屜拿出來，一抬眼又對上我，我以爲先移開視線的人會是我，畢竟他那一眼來得又深刻又多情，哪知他飛快別過頭，右手找不到事情做般地搔了搔頭髮，亂羞澀的氣氛，害我也趕緊躲回自己的位置。

啊——好想趴在桌上大叫喔！

我私心認爲，在顏立堯心目中，我和其他女生不太一樣，是他比較在意的，否則他就不會親我了。他看著我的方式和對待其他女生不同，我說不出哪裡不同，卻感覺得出來在溫柔和專注力上的微妙差異。

只是，說實話，這樣的等待好煎熬。我停不下來的猜臆，他捉摸不定的眼神、表情，在事情明朗之前都被巨大化地充斥在生活中每一個片段。

原來和他同班，會是這麼痛苦的一件事。

一次體育課，體育老師寬宏大量地允許我們去運動也好、去準備明天月考也好，總之下課前五分鐘要回到操場集合點名就行了。

顏立堯理所當然地跑去打球，他眞是不可思議，很少在學校看見他念書，可是成績總能名列班上前五名。對於運動也不是太熱中，往往下場玩個五六分鐘便厭倦似地跑去跟別人哈啦。

至今爲止曾經讓他全心投入過的，大概只有那位前女友吧！

其實，不用顧慮那麼多，直接對我說「不喜歡」，也不是太嚴重的事呀……

早點讓我死心，也許我就可以早一些去喜歡顏立堯以外的男生了。

我心煩意亂，暫時不想見到他，就連跟他呼吸同一個地區的空氣也不願意。於是走向圖書館，那個打從入學起進出不超過五次的地方。

「好溫暖喔！」

才踏進圖書館，操場的喧囂和寒冬的凜冽立刻被室內昏黃的光線阻隔於外，裡頭的空調從天花板的送氣孔吹送著一股書本濃濃的氣味，乏人問津的花崗石地板印上我刻意放輕的足跡，我在迷宮般的書牆間漫步。哲學類、宗教類、應用科學類、美術類……書本依著號碼牌整齊陳列，而我遊戲般的指尖一一滑過它們被貼上號碼標籤的封面，有時遇見有興趣的書名，隨意抽出來翻一翻再放回去。

我不是真的想看書，這裡肅穆的氣氛很有效，漫無目的地走呀走呀，心，就安靜下來了。

「哇！」

我撞到人了，那個人手上的書也被撞落在地，圖書館阿姨循著明顯的聲響將嚴峻目光射過來。

「對不起……」

我匆匆以唇語道歉，她才繼續忙桌上的文件。將攤在地上的書撿起來後，我才看清楚撞上的人是程硯。他不語，看著我，一臉受到打擾的不愉快。

他怎麼也來圖書館？不對，這個人跟圖書館的形象本來就是天作之合嘛！

「你的書。」

把書遞出去時，我瞧見書名是《教你種出田園生活》。啊？那和考試無關，也不像程硯這種菁英分子會選擇的類型耶！

「我昨晚看的日劇裡，有人把吃剩的西瓜籽種在自家院子，過幾天發芽了，我想知道西瓜是不是眞的那麼好種。」

他不介意讓自己聽起來像都市草包，慢條斯理地向我說明。而我驚訝於他的無聊……不是，他的求知欲還眞是無遠弗屆呢！

我們站在兩排書櫃的出口，靠近窗戶，這裡的光線明亮了些。

「你可以上網查呀！比較快。」我指指遠處的電腦。

「既然在圖書館，看書比較自然。」

不知怎麼，他用「自然」這個形容詞忽然令他不再那麼難以接近。

「你喜歡看日劇啊？」不是地理頻道或新聞台？

「有的日劇滿營養的啊！像是《西瓜》。」

咦？這次的「營養」字眼又爲他的親切加分不少耶！可是爲什麼他那個句子聽起來怪怪的？西瓜有什麼營養？頂多是多汁又解渴。

不過，爲了不辜負他的親切，我於是又接話：「對呀！夏天我就很喜歡西瓜，冰冰的，咬下去的時候還會聽見脆脆的聲音，一聽見那聲音就完全消暑了。」

當我愉快地分享完畢，程硯卻不再接下去了。他淨是用困惑的神情望著我，我也只好一頭霧水地回望他，不意，他忍不住笑出來，不是哈哈大笑的那種，而是輕聲而坦率的笑。掛在他清秀的臉上，彷彿春天提早降臨在這圖書館的一角。

原來程硯也是會笑的啊……

我有點看呆，就不是那麼在意令他發笑的原因了。

「我說的西瓜是一齣日劇的名字，不是眞的西瓜。」他說。

我微微發窘：「喔……」

什麼「西瓜」？怎麼會有人把一齣戲取名爲「西瓜」嘛！又不是要賣水果……

「有的時候妳和阿堯那個人一樣，很容易自以爲是，擅自沉浸在自己的世界。」

「自以爲是……」

我沒來由擔心起來。顏立堯該不會把我告白的事告訴程硯了吧？就像我會找湘榆訴苦那樣，是不是顏立堯抱怨了什麼，所以他才說我自以爲是呢？

「那沒有什麼不好，我的意思是，」程硯頓一頓，在思索著適當的詞句，「我的意思是，你們很容易覺得快樂。」

透過窗外冬日的天光，他溫暖地注視我，那雙寧靜的瞳孔又令我領悟到顏立堯什麼都沒說，程硯只是單純地在和我交談而已。

「你不快樂嗎？」

我順著他的話反問回去，那問題不在他一貫的思考中，因此他愣了好一會兒。

「沒有不快樂，也不會特別感到快樂。」

「是嗎？不會因爲吃西瓜這件事就覺得快樂？」

「……」

「不過，我看你剛剛笑得很棒，很快樂呀！」我眞心地笑了，「不一定要等到發生世界和平這種大事，才需要覺得快樂吧！」

「……我懂妳的意思，我總是想太多。」

他給我一個莫可奈何的神情，希望他別以爲我是在指責他什麼，像他笑起來這麼好看的人，應該要多笑一點，不然就太可惜了。

「想太多，那是你細心啊！」

當我說完這句話，自己就先不知所以地害臊起來，我在幹麼啊？程硯還需要我這粗心大意的人安慰嗎？他又不搭腔，害我一整個坐立難安。

「啊！我要回操場了……喔！好痛！」

我想到集合的時間快到，想藉機盡快離開圖書館，哪知頭髮被用力拉扯住！是書架的鐵片接合處咬住我頭髮了，還不止咬住一根而已。

「怎麼、怎麼弄出來呀……」

我的頭髮長度太短，不夠我回頭看狀況，只能憑直覺徒手摸索，樣子好笨喔！

程硯看不下去，走上來，「妳繞反方向了，我來吧！」

因爲要幫我把頭髮從細縫中一根根地抽出來，所以他站得離我很近。對於一個平常不是太熟、性情又冷的男生，我不是很習慣這樣的距離。他才踏近一步，就害我暗暗嚇一跳，可是放眼望去只有他能救我。

「馬上就好了。」

他八成也顧慮到我的感受，不管是不是眞的快好了，聽見他從容的語調，我便不再那麼緊張，反而在無聊之餘，用眼角餘光瞥見他擱在我額頭邊的手。那隻手戴著一支黑色腕錶，眞好看！男生戴著錶的手就是多一分陽剛魅力，搭哥哥車子的空檔我也偷偷戀著哥哥放在方向盤上的手，有什麼吸引人的魔力一樣。

程硯的手當然沒有哥哥來得粗獷壯碩，他的手是斯文型的，卻還是比我的要大許多。錶上秒針「嚓、嚓、嚓」地附在耳邊數算我們最接近的時刻，我們都沒說話，我聽著時光在流動，聞著他身上清新的男生味道，視線找不到合適的居所而不得不停留在前方書架的

《挪威的森林》，村上春樹激情、寂靜、悲哀的文字隨著時間的聲音悄悄流洩出來了。

「頭髮……」

他毫無預警出聲，穩穩的嗓音就在我耳際回蕩，蕩得我險些抽身跳開。

「怎麼了？」

「妳的頭髮變長了。」沒什麼特別意義的話語活脫是不讓尷尬繼續發酵下去。

「喔……很久沒剪了。」

「不打算再留長嗎？」

「哈哈！不要，我怕麻煩。」

咦？「再」留長？他知道我以前留長髮的嗎？他果然記得保健室的女孩。

這時，我們旁邊的窗戶被敲響，顏立堯來到圖書館外頭，起初他沒發現我，大聲喊著「阿硯！集合了啦」，稍後他終於看見我，露出詫異神色，接著又詢問性地轉向程硯。

程硯倒是反應平平，他瞄了窗外的顏立堯一眼，抽出我最後幾根受困的髮絲。

「好了。」

「謝謝。」

我慌張退後一步，程硯則過去將窗戶推開一個小縫，對顏立堯低聲說：「不是說不用理我嗎？」

「靠……我好心來叫你不行啊？」

顏立堯莫名其妙地大吼，還順手把窗戶推得更開，馬上就引起圖書館阿姨注意，她急忙走出座位，探頭望過來。

「同學，怎麼了？」

我和程硯同時回過身，顏立堯則敏捷地往下蹲！

「手機收不到訊號，所以想開窗試試看。」

程硯面不改色地說謊，我負責點頭附和，阿姨還是不高興地推推眼鏡。

「這裡不能用手機，窗戶也不能開，趕快關好。」

「對不起。」他禮貌道歉，等阿姨離開後，再轉向窗口，低頭對靠牆的顏立堯說：

「聽到了吧！我要關窗了。」

「關就關，你這見色忘友的傢伙！」

顏立堯的聲音悶悶的，但還是被我聽見，不等程硯回答，我立刻衝到窗口開罵。

「什麼見色忘友！你不要把我扯進去！」

結果阿姨又起立，還把音調高八度，「同學？」

我快速回身，笑容可掬，「對不起，我要出去了。」

程硯無奈嘆氣，「你們兩個都快走吧！」

我氣惱地瞪向窗外，蹲在下方的顏立堯朝我幸災樂禍地笑起來。即使是嘲笑我，他的笑容依舊那麼迷人，該死的迷人！

月考過去，全校緊繃的氣氛鬆了開來，出現短暫的悠閒風氣。也因此遲到、蹺課的案例跟著變多，有時老師乾脆睜一隻眼閉一隻眼，體諒大家也需要休息一下。

強烈冷氣團來報到的今天，氣溫驟降將近十度，朝會時每個人都冷得縮緊身體，朝雙手呵氣或原地跺腳，在呼呼的北風中想盡辦法取暖，然後像賣火柴的女孩一樣滿腦子想著熱咖啡、兔毛手套那些溫暖的事物。

「顏立堯不在？」

程硯拿著點名簿經過時唸了這一句，只有我附近的人聽見，我們和他都在隊伍裡環顧張望，確定他是眞的沒參加朝會。

「麻煩妳去找一下好嗎？」

我花了三秒鐘才確定程硯是在對我說話。爲什麼他的態度給我感覺「如果是妳，就一定找得到顏立堯」那樣？

怪難爲情的，在其他同學好奇的目光下，我壓低著頭，匆匆脫隊去找人。

告白之後，我和顏立堯之間彷彿有了什麼神奇力量，若有似無的交集變多了，他會注意到我這邊的小事，而我也能很快地找到他。

「顏立堯！」

我停住奔跑的腳，開心喘氣。籃球場牆頭上的人影狀似嚇著，謹慎地回頭過來。

「是妳啊！我差點被妳嚇得掉下去。」

再差一秒，我猜他便要跳到圍牆另一邊去了。

「你要蹺課？」

「不是，我要回家拿東西。」

這兩者有什麼不同？

「拿什麼東西。」

「維他命。」

我狐疑瞪著一臉正經的顏立堯，久久不敢輕易接話。以他這個人而言，要去判斷這句話的眞假的確有幾分難度。

「有那麼重要嗎？」

「嗯！」

赭紅色領帶在他身上如此合適，合適到即使冬天一直持續下去也無所謂。只是它隨風飄搖的姿態給人一種遙遠的距離，爲什麼呢？

「……你去吧！我在這裡等你。」

對於我的寬容，他略略顯露驚訝之色，試探性地笑著問：「也許我不回來了？」

「你會。所以，別讓我在這裡等你太久。」

他忽然不再接話，屈著一條腿坐在圍牆上，左手便放鬆地擱在膝蓋，用那麼帥氣的姿勢從上往下地凝視我，帶著莫名的感動，還有一縷稍縱即逝的滄桑，他款款凝視著我。

在他背後的冬季天空比以往還要蒼白，白得像影片中下過雪的天空，宛如尚未上色的畫布，與我此刻的情懷相仿，那樣純粹。顏立堯是從茫茫人海中剪下來的彩色圖片，獨一無二地貼在我心上。

「拜！」

他沒有答應我是不是眞的會回來，朝校外的馬路縱身一躍，便消失在我視野。

而我還痴痴守望那個斑剝的牆頭，我相信他，沒有具體理由。相信他不會讓我的等候遙遙無期，相信他不放心留下我孤單一個人，相信他很快就會再來到我面前。

那是一種幸福的信念，即使多年以後它還是支離破碎了。

——有份感觸，想著想著，就這麼在記憶裡將哀愁都化作溫暖的感動。聽說它是「幸福」，總在失去後才被輕輕回想起來。

【第六章　一起】

回到長大的城市，走在難以忘懷的街道，連空氣聞起來都特別芬芳。

距離同學會的時間還早，我刻意步行前往，好讓自己能夠細細地重溫舊夢。每踏出一步便會想起某個瑣事片段，不管它曾經是憤怒的、傷心的、好玩的，現在一律化成了會心微笑。

夾道兩旁，路樹驀然響起一陣蟬鳴，接著一發不可收拾地從我這邊朝前方蔓延過去。

「喂，跟妳說，我果然很喜歡妳。」

耳際搔癢的觸感猶如才剛發生過。我倏然回頭，隱約見到身穿制服的高中男女擦肩而過，一前一後地追逐遠去，沒在充滿蟬鳴的綠意裡，而我還依戀佇留。

夏天，都來過幾回啦？

走進冷氣強力放送的buffet餐廳，被曬燙的手臂頓時一陣雞皮疙瘩。服務生領著我進包廂，有好多同學都已經到了，程硯也是，他正和當年坐他隔壁的男生談話。

「明儀！妳是明儀喔？」

門口幾位同學認出我，先雀躍地拉我敘舊。我心不在焉的視線找呀找呀，終於發現一位端著果汁進來的美麗少婦，她穿著足以凸顯曼妙身材的粉色魚尾裙洋裝，短短的捲髮梳起俏麗的小馬尾。當年她是多麼自豪自己飄逸的長髮，常說那是招蜂引蝶的祕密武器，如今連同那段年少輕狂的日子一起毅然剪去了。

下一刻，她也看見我，同樣露出詫異的表情，我們越過重重人牆認出對方，明明是一場久別重逢，明明是歡天喜地的氣氛，我的鼻子一酸，眼前很快模糊起來。

「明儀……」

她唇語唸出我的名字，隨即扔下那杯果汁，也不管橙色液體濺上她的洋裝，朝我奔來，一把摟住再也看不清眼前景象的我。

「非得要是同學會妳才想到要回來嗎……」

湘榆埋在我肩頭，聲音也哽咽得厲害。回到這裡會觸景傷情嘛，工作還沒著落不好意思回來呀……許多許多的理由在我腦袋撞成一堆，我卻一個也說不出口，淨是抱著湘榆哭，事後被其他同學笑說怎麼我們兩個女生比老情人還要難分難捨。

我們一群女生聚在一起，吃著滿桌不限量的食物，一邊嘰嘰喳喳聊八卦、話當年，期間我的手機響了起來，是不認識的電話號碼，到一旁接聽，聽到一個天大的好消息！

「啊——我被錄取了！」

一關上手機，我立刻轉身向那桌女生尖叫，湘榆登時還聽不懂。

「錄取什麼呀？」

「面試啦……不對，工作啦！最後面試那家公司錄取我了！」

然後那群女生很有義氣地陪我哇哇尖叫，我的眼角餘光觸見另一桌的程硯，他一定也聽見這消息了，嘴角對我揚起一道淡淡弧線。儘管先前講話那麼毒，但他其實也在擔心我嗎？

「喂，一般都是拿貴的吃，你怎麼先拿西瓜？」

一個男生看不過去，熱心傳授程硯該怎麼吃buffet才划算。我瞧瞧程硯的盤子真的只裝了兩片西瓜，他卻老神在在地回答，「夏天吃西瓜，挺適合的啊！」

望著他恬淡的側臉，想起當年在圖書館的對話。我們因爲「西瓜」鬧出一個笑話，事隔多年，程硯學會了那一年他所無法理解的快樂微笑。

我們之間有什麼感應般，程硯抬起眼，對上我，一瞬間，熱鬧的同學會會場像退後的海浪，遠去了，留下平坦寧靜的空白。

這片空白在哪裡？而我在哪裡？

我是和那個圖書館裡的程硯在一起的。那一年的那一刻很「村上春樹」。

顏立堯離開不到五分鐘，我就開始後悔了。

也不是真的後悔，只是在誇下海口之後，才覺得自己應該三思而後行才對。

今天是冷氣團來報到的日子，圍巾和手套都沒帶出來，一個人呆呆站在圍牆旁邊感覺特別冷。更重要的是，顏立堯平常是騎車上下學，這表示他家離學校應該有一段距離，現在他靠兩條腿走出去，來回需要多久時間啊？

會不會等到第一節上課了他都回不來？這樣下去搞不好連我也變成蹺課了。

刺骨的風颼進籃球場，我瑟縮一下，忍不住將雙手放在嘴邊努力呵氣，就算我很喜歡這個人，會不會也太傻了啊？

這時，有個毛絨絨的物體從上方掉在我頭頂，又溜到我脖子後方，嚇得我大叫一聲立刻跳開！定睛一看，原來那是一條鐵灰色圍巾。我覺得奇怪地撿起來，朝圍牆尋去，有兩隻手正攀上牆頭，用力一撐，接著顏立堯也出現了。

他在我面前一躍而下，彷彿在我胸口重重投下一顆大石頭，驚喜的水花濺得好高！

他回來了耶！而且好快就回來了。一隻手扶著牆，另一隻手抓皺胸口的制服，辛苦喘氣，不會是拚命跑回來的吧？糟糕，我感動得說不出話了。

「你……」本來想問他要不要緊，但那聽起來太矯情，我只好提起他的維他命，「東西拿到了嗎？」

「嗯！」顏立堯費力嚥下一口口水，終於有力氣正視我，他些微汗濕的笑靨把一整個夏天都帶回來了。「妳眞的在這裡等啊？」

雖然他那麼問，但我直覺他也是相信我會一直在這裡的。好厲害呢！不用任何語言就辦到了。

「你還順便把圍巾帶來呀？」我將圍巾遞向他。

「笨蛋，我今天本來就有帶圍巾來。」他拿走圍巾，又順手將它掛在我脖子上，「這是要給妳的，這裡很冷吧？」

我傻氣地望著他，這是要我怎麼回答嘛？如果說不冷，那很明顯是騙人；如果說好冷喔，就更矯情了，我怎麼說得出口。然而，不論如何，他已經把圍巾圍在我脖子上，暖和多了。

「謝謝……」

眞慶幸自己喜歡的人是你，我喜歡你……即使你告訴我你不喜歡我，我還是深深慶幸。

顏立堯見我拉著圍巾，將半張快哭泣的臉藏在裡頭，他便不再開口，只是深深看著我，彷彿心疼我受寒。他眼底藏著心事，如今卻爲那樁心事下了一個決心。

「妳還記不記得，我說如果我又再喜歡上一個人，會很麻煩？」

「嗯！」

「我的意思不是嫌女生麻煩，其實麻煩的人是我，我沒有辦法……」他本來衝動地要將話講完，又臨時打住，神情有幾分落寞。「總之，和我談戀愛，不會長久的。」

「長久是指多久？一個月？一年？喂，到底是多久啊？」

被我一問，他反倒措手不及。

「對我來說，除非能夠談上一百年的戀愛，不然都不算久喔！」

顏立堯噗嗤一聲笑了，「一百年？妳這女生野心好大。」

「你討厭？」

他止住笑聲，抬起眼，「不，很喜歡啊！」

起初，我還在慢慢適應他那句話，他說起那兩個字的口吻格外溫柔，在我心底酸酸甜甜地融化了。等我意識到那兩個字所代表的意義，臉龐已經辣辣地燃燒起來。

我沒有聽錯吧！他說喜歡，說喜歡耶……

「你確定……你喜歡我？」

有時候我會覺得顏立堯並不知道自己要的是什麼，甚至會覺得他好像什麼都不要也無所謂，那樣冷漠的感覺。

「本來不是百分之百確定，不過看見妳和阿硯那傢伙單獨在圖書館，火大了。」

他操著任性孩子的語氣回話，我害臊地解釋，「我們是剛好在圖書館遇到，不是特地約好的。」

「妳不用對我解釋，我們又沒有在交往。」

這、這是什麼意思？他喜歡我，但是不想跟我交往嗎？

他大概察覺到我受傷的神情，過意不去，瞧瞧剛剛爬過的牆頭，遲疑好一會兒，最後視線又回到我身上。

「蘇明儀，我問妳，如果有一場註定會輸的賽跑，不管怎麼樣，最後肯定、絕對、百分之百會輸，妳還會下場比賽嗎？」

怎麼他的思維又跳躍到賽跑上？跟他交往一定很累人吧？

「無論再怎麼努力，一定會輸？」

「嗯！」

由於他很認眞，所以我也認眞地考慮，「嗯……我還是會參加。」

「爲什麼？」

「我不是爲了拿第一才去比賽，是因爲喜歡跑步才參加的。」

我大概講對了答案吧！顏立堯在些許的訝然之後，顯得若有所思，並且自動把話題拉回來，「妳眞的喜歡我？」

「你眞的不想跟我交往？」

「……那，高中一畢業我們就分手，我不能告訴妳原因，妳也別問我。可是相對的，在我們交往的這段期間我會全心全意地喜歡妳，全心全意。」

「全心全意？」

「嗯！把生命都投注進去的全心全意。」

他的要求眞是莫名其妙到無以復加的地步，但，他極力強調的「全心全意」卻讓寒風中的我從腳底開始溫熱起來。

「怎麼樣？這個約定如果妳沒辦法認同，那我們還是不要交往，做普通朋友就好。」

顏立堯這怪人提到這個怪約定的時候倒是十分正經八百，「如果妳願意答應這個約定，那我們就一直交往到畢業爲止。」

「……好吧！」

我想我也是怪人一枚吧！

聽見我願意，他淺淺地笑，眞心地笑，靜靜的，伸手將我脖子上的圍巾繞一圈，什麼話也不說。我看著方才喘氣時被他拉扯開來的領帶，現在這麼近距離看著這條領帶總覺得好不可思議喔！我生澀地把手放在他拿住圍巾的手上，他的手同樣冰涼，碰到了，心也跟著怦怦跳動。

「換你戴吧！我不冷了。」

「騙人。」他動手解開圍巾的另一頭，往自己頸子一披。「一起戴好了。」

「不行啦！被別人看到很丟臉。」

「我才不會讓妳丟臉，我會讓妳覺得當我的女朋友是一件超級幸運的事。」

我已經這麼覺得了啊！

我羞澀地彎起唇角，把話放在心底。

顏立堯走在我兩步之前，沒來由突然回頭，朝我伸出手，「手……牽手吧！」

我怔住，爲、爲什麼要牽手？不對，在學校可以牽手嗎？也不對，牽手的時候該怎麼走路啊……

他看我遲遲不回應，乾脆走過來一把拉住我的手，繼續往前走，嘴巴還困惑地自言自語，「該不會是第一次交男朋友吧！」

那句話原本沒什麼，但就是踩到我地雷，我用力拔出自己的手。

「就是第一次！眞抱歉喔！連牽手都這麼不上道！還有，我有答應要跟你牽手嗎？」

他被我嚇一跳，隨後一副理所當然的語氣，「這又不是上不上道的問題，難道牽手不會讓妳有感覺，而想要一直牽下去嗎？」

「什麼感覺？」

「幸福的感覺啊！」他笑了，一下子驅走這個世界的寒意，「很幸福喔！被妳喜歡著。」

事隔多日，他終於告訴我關於在教室告白他的回答。「幸福」兩個字從他柔和的嗓音流出，長了翅膀，輕輕飄浮著，不眞實的感覺，像在作夢。我慢吞吞伸出手，有些不捨地握住他的，剛剛怎麼會甩開這隻手呢？兩個人牽手，到底是哪一邊的幸福比較多？

「走吧！不過到教室前要放開喔！」我規定。

「啊？」

走了幾步，我想到什麼又問：「喂，你是從什麼時候喜歡上我的？」

「……祕密。」

他猶豫片刻，決定賣關子，只是頑皮地向我眨眼。

「不說就不說。」我佯裝怨他小氣，卻把他的手牽得更緊。

手心傳來緊實的溫度。哇……我們在一起了耶！

幸福雖然不能言喻，但一定就是這樣子的吧！

今天很早就醒來了。

大概精神特別亢奮吧！五點多醒來之後便睡意全消。換好制服，坐在床上踢了踢腳打發時間，然後走去開窗。清晨的街道還沒有完全活動起來，有一兩個騎腳踏車的路人宛如夢境中出現過的人物，穿過尚未散盡的白霧。

還在作夢嗎？不是夢啊！我清楚記得昨天和顏立堯交談的每一句話、他每一個活靈活現的表情變化，甚至他握在我手上的感觸彷彿都還留著溫度。

「很幸福喔！被妳喜歡著。」

不用照鏡子，從心跳速度就能猜到我現在準是臉紅到要爆炸了吧！不行！不能再想下去了！

我抓起書包奔下樓，幾乎是小跑步趕到學校。本來想找機會告訴湘榆交往的事，不過路上都沒遇到她。等到她出現，教室內好多同學都來了，我不想在人聲鼎沸的場合提起顏立堯的事。

後來，顏立堯在敲鐘前一刻走進教室。他一出現，我不小心掉了手上的鉛筆盒，摔在地上好響亮！我趕忙彎腰撿拾那一地的文具，好丟臉喔！可是，避開和他照面的機會也讓我鬆了一口氣。

「妳撿什麼撿那麼久？」

湘榆見我低著身子半天，狐疑地過來幫我。她蹲在地上，撞見我一臉求救的神情，正要開口問，導師說巧不巧地進來要大家坐好，他要補上英文。

整堂英文課，我偶爾會偷偷觀望顏立堯。他慵懶地撐住一半頭部，拿原子筆的手在紙上不停揮灑，根本不像在做筆記，八成是在塗鴉吧！

爲什麼他看起來跟平常沒什麼兩樣？幾分鐘前還和鄰座男生玩到撞翻椅子。哪像我，我簡直連平常是怎麼呼吸都忘記了。

一下課，教室又歡騰起來，而顏立堯繼續和鄰座男生無聊的推擠，湘榆邀我陪她上廁所，經過講台時那短暫的一兩秒，我那受到磁力吸引的眼睛和顏立堯今天第一次對上焦，他中止所有的打鬧動作，越過那片喧囂，向我彎起一抹微笑。

從前他也經常對我笑，但現在不一樣，他微笑的方式……藏著微妙的、特定的溫柔。

慘了！又要臉紅了啦！我窘迫地別開頭，匆匆跟上湘榆的步伐。

等湘榆上完廁所，我拉住她衣角，「喂，我有事跟妳說。」

她奇怪地停頓一下。「說呀！」

「……不要在這裡。」

我在人來人往的走廊將她拖走，帶到福利社後面那塊空地，那裡算是一個祕密基地，起先湘榆感到很新鮮，東張西望的，隨後被我拉到一棵鳳凰樹後，樹幹擋在我們旁邊，所剩無幾的葉子也想聽取祕密般，同時落了好多片下來。

「到底什麼事？」她學起間諜，繃緊神經發問。

哪知聽完我的告解，她這間諜立刻破功，不敢置信地驚聲尖叫。

「眞的嗎？什麼時候的事？妳說了什麼？他又說了什麼？快說快說！要一字不漏喔！」

等到她的問供都得到滿意答案，湘榆才交叉雙臂，不以爲然地提出她的疑慮，「他幹麼現在就先跟妳約好要分手？有人是這樣交往的嗎？那個人眞難懂耶！」

我本來還沉浸在和湘榆分享的喜悅，一提起那個分手約定，雖然明明是我自己答應的事，還是怪難過的。

「我……我猜他應該是認爲畢業之後大家各奔東西，感情就會很難維繫下去吧！」

「哼！與其將來痛苦，不如見好就收是嗎？」

「……」

我不願意附和是或不是，那都只會讓心情更低落。上大學之後，聽說那裡是更寬闊的世界，在那樣的世界顏立堯一定會遇見許多更棒的女孩子，談著更精采的戀愛。我不過是他在高中時期所遇到的平凡女孩，頂多會出現在他和朋友的閒聊中，像是「我在高中交過一個女朋友，沒有交往很久」。

湘榆見我垂頭喪氣，便歪起頭，擠眉弄眼地打量，還將我下巴轉過來轉過去。

「妳嘛……感覺是『有活力、健康』那一型的，長相呢，就舒服可愛囉！脾氣也算溫和，啊！我是說不管秩序的時候。這樣的妳會和顏立堯那麼搶眼的人交往，眞的是……不可思議。」

「妳意思是我配不上他？」

他不用刻意努力，做什麼事都可以得心應手，而且人緣還好到破表。連我都認爲當他女朋友的人也應該同樣出色才合理。

「不是啦！是無法想像的意思。不過，他喜歡妳吧？」

我抿唇沉默一會兒，倔強點頭，「喜歡。」

湘榆於是露出「那不就好了」的笑容。「這樣就不用想像，而是現實啦！」

我的心結就這樣鬆開了。湘榆操著大姊姊口吻所講出來的「現實」無形中令我安心不少，昨天的事不是夢，不用擔心相不相配的問題，「喜歡」的心情再也不是單行道。

之後的上課時間，我比較能專心在上課內容，而不是一逕盯著顏立堯的身影胡思亂想。只是樓上不知道是哪一班在沖洗東西，三不五時便有水從上頭流下，外面一響起「嘩啦嘩啦」，班上便會有幾個學生分心往外看。那期間有一張摺了三褶的紙條從斜後方傳過來，交給我的女同學還做出一個忍俊的詭異表情。

我看到上面指名是要給我，一打開，原來寫紙條的人是顏立堯，哇！他的字眞好看。

「今天放學一起回家？」

一起回家。一起回家。一起回家。我的目光跳針似地逗留在那句話上，拿紙條的手都不知道是因爲興奮還是緊張而顫抖著。

「不行耶！已經跟湘榆約好要去喝茶。」

我原本要寫「去慶祝」，後來覺得不好意思，用立可白塗掉了，再拿給剛剛那位樂於轉交的女同學。

很快，又收到他的紙條。除了畫上一張生動的哭臉，更叫我傻眼的，他的回話居然是，「慶祝這種事應該找男朋友才對，明天輪到我吧！」

他怎麼會知道我原來寫的是什麼？我連忙把紙條翻到背面，透光的紙上讀得見字體反寫的樣貌。我萬分失策地緊閉一下眼再睜開，稍稍越過肩膀瞥向他座位，他正衝著我狡猾地笑。

我迅速將紙條塞進抽屜，不回了啦！我要專心上課。

時間平靜地經過五分鐘，忽然又有紙條送來。

我先蹙起眉心往後瞧瞧他，再把紙條打開。

「快看外面十點鐘的方向。」

十點鐘？我摸不著頭緒地定位好，那面四窗格的窗子外，躲了一個上午的太陽終於出來露臉，金色光芒一照在方才被水潑過的樹葉上，便形成一道小小的彩虹，掛在十點鐘方向的窗外燦燦亮著。

我像個孩子痴痴凝望，捨不得眨眼，深怕稍有動靜，那道七彩光芒就會消失。再看看顏立堯，他正拄著下巴，同樣用他深邃的眼眸守護那道七彩亮光。從我這個角度看過去，窗外結著水滴的綠意鮮明地貼映在他虔誠的側臉上，他忽然變得好透明、好脆弱，我忍不住在心底呢喃，希望……希望我眞的能爲那個人帶來幸福。

顏立堯收回視線，轉向我，孩子氣地綻放尋獲寶物的笑臉。比起彩虹，其實，眞正讓我著迷的是他全心傾注在我身上的那份執著。那一剎那，全世界只有我們兩個人，我們兩個人，一起。

和顏立堯開始交往的第一天，雖然沒能一起回家，不過我們互相留下彼此的電話號碼和電子信箱。第二天，顏立堯在眾目睽睽之下走到我座位借螢光筆，他不找程硯，也不找鄰座同學，特地在教室繞了遠路向我借筆的舉動一度引起其他同學側目。第三天，有個同學的腳踏車車鏈鬆脫，請他修理。我在他忙碌的時候，靠在別人單車後座發問，交往到底要做哪些事？跟平常到底有什麼地方不一樣？我也有湘榆的電話號碼，也會和她上下學，興致來的時候還會和她手牽手一起去廁所。所以，交往和沒交往，差別到底在哪裡呀？

顏立堯蹲在地上，不是太認眞地搖起踏板，車鏈徐緩的聲音轉動到第三圈時，他半思索地冒出一句話。

「可以接吻？」

我雙手背在身後，雙眼錯愕圓睜，就以那個狀態安靜著。

等他確定腳踏車修好了，才站起來，不像開玩笑。「要嗎？」

「咦？」

這一次我不僅沒有臉紅心跳，還嚇得一度結巴，顏立堯見我一臉驚恐，無奈感嘆，

「妳們女生果然都只管氣氛對不對、燈光美不美。」

他說「妳們」？所以他的前女友也是這樣囉？他們肯定接吻過了吧？反正我就是菜鳥啦！

顏立堯嗅到我這邊的怨氣，警覺自己失言，小小地「啊……」了一聲，然後一副要我冷靜聽他解釋的樣子，「妳不要想太多喔！我的意思……是泛指社會上普遍性的現象。」

在說什麼鬼啊？

「社會普遍性的現象……」我一步、兩步踱近，一把抓住他禦寒用的圍巾，往兩旁用力一扯，「要是女生不願意，再普遍也沒用啦！」

「哇！不能呼吸了啦……」

「哼！」

我朝他皺皺鼻子，拔腿跑回教室。整堂課我都氣呼呼地聽課，不過，課程完全聽不進

去，只是瞪黑板、瞪老師、瞪課本，滿腦子都是顏立堯那句話。

我也明白那是戲言，也清楚他和前女友曾經那麼要好，所以接吻這種事……這種事……

我混亂地拿原子筆在筆記本上亂塗，試圖把腦袋瓜裡的想像畫面抹去。

結果，當放學鐘聲一響起，老師宣布明天要歷史小考，我才有如當頭棒喝！完了，剛剛上了什麼呀？

「湘榆，剛剛的筆記借我一下。」收書包的時候我厚著臉皮向湘榆求救。

「啊？妳沒抄呀？」

「嗯……」

「可是我今天也要預習耶！」

「我現在在學校抄一抄，然後再拿去妳家。」

「好啊！妳慢慢來，我看完八點檔才會念書。」

我感激不盡地收下湘榆的歷史筆記，留在人潮散去的教室中賣力抄寫。顏立堯要離開之前還像貓兒一樣在我周圍打轉，他一會兒看看別人桌面刻寫的東西，一會兒玩玩板擦，就是沒開口跟我講話，可能是我這邊的殺氣太重了吧！不久，他便識趣地走開了。

等到再也聽不見他的腳步聲，我才抬頭晃晃空無一人的門口，然後洩氣地趴在桌上。

貼靠涼涼的桌面，對著顏立堯無人的座位凝神發呆，顏立堯……還是會想起前女友的事吧？是不是還想要尋找那個保健室女孩？他現在心裡最喜歡的人是我嗎？唉！這種患得患失的心情，連我都討厭起自己了。

爲什麼才交往三天就弄得不愉快？一般人有這麼快嗎？記得昨天放學一起回家的時候，感覺明明很好啊……

那是我們第一次相約放學要一起回家，他要我在校門口等他，是我說一起去車棚牽車也沒關係呀。這一去才發現原來停車棚是一個約會景點耶！好多學生自動分成一對一對地流連在自己的腳踏車旁談情說愛。

見識到這種場面，總覺得忸怩，跟在顏立堯身後走路頭壓得老低，奇怪，怎麼其他人都那麼處之泰然呀？

「走吧！」

顏立堯牽著他的腳踏車過來了，他的車身是亮眼的寶藍色，有金粉在閃閃發光，平手手把，好看！很適合他。

我們走出車棚，有幾輛腳踏車從兩旁經過，他突然想到什麼，滿遺憾地說：「抱歉，不能載妳，我的車沒後座。」

「不要緊啦！」我搖搖手，輪到我也想到什麼。「啊！可是這樣你不就要一直牽著車走？我看，要不要走到前面那個路口就好？」

「笨蛋，這樣就不算一起回家啦！」

「可是……」

我家滿遠的耶！以牽車走路的方式而言。

「牽車走又沒什麼。比較大的問題是，」他先是落寞，而後開朗地笑，「這樣就不能牽手了。」

我抿起歡喜的唇角，微微垂下臉，小小的一句話，沒想到就把心臟塞得好滿好滿啊！

接下來，我們就不曉得該聊什麼好了。他將單車牽在右手邊慢慢走，我在他左手邊也慢慢地走，途中遇上認識他的人，戲謔著「約會喔」，都被他以「不要打擾」的理由趕走。

怎麼辦？好緊張喔！我們雖然一直言不及義，還是高興得要命，也不明白到底在高興什麼，就連光是看著我們兩人靠近的腳步，也看得好開心。他的球鞋是愛迪達的，我要記住，以後有機會送禮物的話可以先考慮愛迪達的商品……

「對了，生日……你的生日什麼時候？」我想到該問這個重要問題。

「八月十六日。」他顯得相當有興趣，「要幫我慶生呀？」

八月……獅子座的耶！他真的好名符其實喔！

「嗯……總是要知道重要的日子啊！」

「重要啊……不過我已經兩三年沒慶祝了。」

爲什麼？該不會他的媽媽也……

顏立堯猜到我的疑慮，出手敲一下我腦袋，「喂，別亂想，我老媽還好好地健在。」

「嘿嘿！」我是不是有自虐傾向呀，怎麼他剛剛的舉動還會讓我有甜到心坎的感受呢？「那又是爲什麼不慶生？」

「嗯……」他對著馬路另一端的紅燈看半天才溫吞吞地說：「慶祝生日這種事，總覺得滿悲哀的。」

「悲哀什麼？」

「嗯……」他又花了一個半天在思索，最後笑嘻嘻回答，「再怎麼慶祝都是未成年，『未成年』對男生來說滿悲哀的，很多事都不能做。」

「什麼嘛！」

我裝作聽不懂他那句話以外更多的涵意。後來，事前覺得遙遠的路程也很快地走完，我家到了。

顏立堯仰頭面對眼前的公寓大樓問道，「妳家住幾樓啊？」

「十五樓。」

他丈量一番，舉手指向天空，「在那裡？」

其實他這麼一舉，哪看得出到底有沒有指對房間，不過我也努力地比對一下。

「嗯！而且你看到的還是我房間喔！我房間窗戶面向這條馬路。」

「是喔！那妳上樓去吧！回到房間之後再從窗戶揮揮手，我就能確定到底是哪一扇窗戶。」

「好啊！」

我覺得好玩，連再見都忘記說，快步跑上去，搭了叫人心急如焚的電梯回到家，扔下書包直奔房間窗口。

開窗往下望，方才還在我身邊的顏立堯現在卻在那麼遙遠的樓下，看上去好小好小。我舉起手，很用力很用力地揮了揮，不到一秒，底下的他也高舉雙手，賣力揮舞，我不禁笑了。

相隔十五層樓，真的有段距離，使我沒辦法將他的表情看得非常清楚，不過，顏立堯肯定是在笑的吧！對於這惡作劇般的會面，他肯定是覺得既得意又有趣地笑著吧！

「好喜歡你喔……」望著樓下的顏立堯，我終於把藏了整條路的心情喃喃宣洩出來。那天明明是懷抱著「再多一點點就會爆炸」的愛戀心情，樓上樓下說再見的，怎麼今天馬上就吵架啦？這算吵架嗎？為了一句無聊的話吵架，聽起來滿蠢的。

負著書包離開教室後，我一直在界定這個問題，不料，才抬頭，便撞見顏立堯正站在操場中央，旁邊停放著他的單車。他戴著鐵灰色圍巾，圍巾長長的尾巴在傍晚溫暖的暮色下有生命似地舞動，他柔情似水的眼眸把我圈在他的視野中。

我停下腳，隔著半個操場望他。「……幹麼？」

「等妳一起回去。」

我瞥瞥自己倔強得動不了的雙腳，再看他，「不用等我啊！我們又沒約。」

「因爲，我無論如何都想讓妳看看這個，昨晚特地去裝的。」

我好奇循著他拍打腳踏車的手看去，驚訝張大嘴，啊！後座！他的車有後座了！

「以後不用再牽車子走路了。」他笑了，像昨天在樓下對我揮手那樣地笑著。

我卻笑不出來，只是注視他的車和他的笑臉，那種「快要爆炸」的情緒又來了，把胸口塡得好滿好滿，連一點空隙都沒辦法留給氧氣的飽滿。

顏立堯做出賴皮的表情，朝我張開雙手。「不要生氣了，來嘛！」

我背著書包，賭氣地僵持一會兒，往前慢吞吞走了一步、兩步、三步，最後輕輕露出沒轍的笑容，朝他奔去。

——我常常覺得自己和你在一起，即使你不在身邊，即使此刻非常寂寞，只要一想到你，你就在我心底了。

【第七章　時光】

「喂！明儀。」

同學會進行到一半，一位現在已有未婚夫的女性友人挨近我，她就是高二那年到九族文化村一起搭纜車的女同學之一，唯一有帶手機去的，家境不錯，高中畢業之後我們就漸漸失去聯絡，偶爾還能從其他同學那裡得知彼此消息。

「我跟妳說一件事。」她先是要分享什麼八卦似地搭住我的手，環顧四周，決定拉我到比較隱密的角落，這才自在地娓娓道來，「很久以前我的手機壞過一次，那時還沒買新的，只好先拿更早之前的舊手機來應急。那個舊手機其實沒壞，只是我嫌它太男性化，因爲是我爸不要而留給我用的。」

我滿腹懷疑地偷瞄她，跟我聊手機幹麼？又爲什麼要特地躲到旁邊來聊手機？

「好了，我重點不是要講手機的事。」

哇咧！我剛剛很認眞聽耶！

「重點是，有一次我帶我家狗狗到附近的公園散步，妳猜我遇到誰？」她見我直接

放棄猜測而搖頭，故意拉出長長的、跟風兒一般沒有重量的音調，唸出那個人的名字，

「顏——立——堯。」

那個迷失在時光之流的名字，被每一次偶發的思念緩緩運載，終於在這一天被突如其來地沖上岸。

我無法動彈，咽喉異常緊，深怕一出聲，那個名字就會退出我們的談話。

我知道他在某個地方活著，也知道在那某個地方或許會有我認識的人遇到他。他跟我一樣，每天吃飯、睡覺、看電視、和朋友講電話，每天做著同樣的事，只是我們不再見面。

「嘿！我知道你們高中畢業就分手，所以那次見面就不太敢主動提起妳的事。幸好他還是跟高中一樣，滿健談的。」

女性友人講起他的事，生動自然，猶如昨天剛發生過。

我顫顫地用手掩住嘴，太過地激動，太過地壓抑，忍不住熱淚盈眶。

「妳是什麼時候遇到他的？在哪裡遇到他的？」

儘管我是如此害怕從夢中醒來，因而小聲輕問，距離我們最近的湘榆還是察覺我的異樣，走過來關心。

「怎麼了？」

女性友人見湘榆加入，人一多，她聊天的興致更高昂，「就是顏立堯呀！我遇過他一次。」

「顏立堯？」

湘榆就沒那麼謹慎，她驚聲一呼，連程硯都聽見了，連忙丟下友人到我們這裡，滿臉自我認識他以來少見的慌張神色，對他而言，顏立堯也是相當重要的人啊！

「好啦！我從頭說。」觀眾到齊，她清清嗓子，開始鉅細靡遺地描述經過。「那是我大一下快結束時的事，嗯……大概是在五月吧！我家狗狗只要一去公園就喜歡狂奔，我也就不用繩子綁牠，讓牠亂跑。結果等我找到牠的時候，看到牠跟一個人在玩，應該說，那個人坐在椅子上逗牠玩，我走過去一看，哇！是顏立堯耶！」

她又提了一次那個名字，我彷彿跟當年的她一起發現顏立堯，屏住氣，緊張得……真的能夠看見他一樣。

「我就直接過去認他呀！他沒什麼變，硬要說有哪裡不一樣的話，是他瘦了一點點，比較白，感覺沒以前那麼野。他看到我，本來也嚇一跳，後來我們就聊開了，先是講狗狗的事，然後是我的近況。」

「他呢？顏立堯呢？」要代替我追根究柢，湘榆強硬地打斷她的話，「他到底住在哪裡？在做什麼？」

面對湘榆可怕的質詢，她有點不知所以然的惶恐，「那個……他沒說耶！我、我不是沒問喔！可是他都很高明地四兩撥千斤呀！你們又不是不了解，從以前他就是這樣啊！不想回答的事就打馬虎眼……哎呀！討厭，你們幹麼都這麼咄咄逼人嘛！」

程硯是最先冷靜下來的人，他恢復原來不疾不徐的音調問：「還有呢？你們還聊了什麼？」

「還有手機呀！我剛剛不是說那天我帶的手機是舊的那支？裡面有我們一起在九族文化村拍的照片喔！我有帶來。」

她興沖沖從名牌包拿出一支極度不搭調的笨重手機，按下幾個鍵，於是我們都見到早已被這個時代淘汰的手機裡還忠實記錄著快被人們遺忘的片段。一張在纜車上的合照，我、湘榆以及另一名女同學，青澀的高中女生們無憂無慮地笑著，很美麗的笑容。觸景而生的懷念之情使得原本盛氣淩人的湘榆也沉靜下來。

那是一段非常、非常燦爛的歲月，燦爛得即使忘記大部分的細節，也還會記得它的耀眼。不確定世界上到底有沒有「永遠」的年紀，只在乎當下感受的年紀，青春怎麼也揮霍不完的年紀……我告別了那個年紀的顏立堯，之後，心，常常有撕裂的痛，因爲「顏立堯」就是我生命中的一部分啊！

「我把手機借給顏立堯看，他看了很久，久到我還在擔心他會不會還我呢！不過，後來他還給我的時候，特地問我能不能把那張照片傳給他，當時他的表情超可愛的啦！有點不好意思、可是又眞的很想要的那種表情。」

爲了徹底與那份心痛切割，我曾在一個被思念逼迫得無路可走的夜晚，深深地，眞心地，祈禱。神啊，如果可以，請關掉我的記憶。

「明儀，明儀，妳不覺得他對妳念念不忘嗎？他還特地問我，明儀好不好。」她又開始在手機檔案中搜尋，然後把它遞過來。「對了！離開公園之前我有偷偷拍他喔！給妳看。」

老舊的手機螢幕閃爍著畫質不銳利的照片，我在完全沒有心理準備的情況下見到了十九歲的顏立堯。他坐在公園長椅上的側臉，與我在高中時第一次見到他凝望天空時的側臉，一模一樣……才這麼想，我的眼淚也重重落在指尖上。

關掉我的記憶。不會像瘋子一樣到處打聽他的下落，不會走在往常的街頭還情不自禁地尋找他的人影，不會因爲聽見一首貼切的情歌而寂寞哭泣……因此，請關掉我的記憶。

✧

和顏立堯交往後的第一個星期，藉由接力般的傳言，班上同學漸漸得知我們兩人在交往，而我已經有些習慣當顏立堯的女朋友了。

唯一怎麼也不能習慣的，是他有一天突然脫口喊我「明儀」，我立刻定格住，用面對外星人的眼神看他，總覺得那聽起來不像在叫我。後來他八成也對我的反應感到怪怪的，索性跟我講好，維持原來的稱呼方式就可以。我覺得這樣很好呀！連名帶姓地叫對方，就好像擁有他整個人一樣。除此之外，我想我們已經滿像交往中的男女朋友了。

下午，全班在打掃教室的時間，我拿著掃帚和顏立堯打鬧，差點揮到近前來的湘榆。我們兩人同時住手，笑嘻嘻道歉，她則交叉雙臂，冷笑一下。

「這就是所謂的打情罵俏嗎？」

「不是啦！」我連忙解釋，「我們剛剛在爭吃草莓蛋糕的時候應該先吃草莓，還是先吃蛋糕。」

「一般來說應該是先把礙事的那顆草莓吃掉，接下來蛋糕才會吃得順暢，對不對？」顏立堯奸詐地搶先接話。

「才怪，草莓可以先放在旁邊呀！等到蛋糕全部吃掉再慢慢享用草莓，不是很好？對吧？湘榆。」

湘榆先後將我們看一遍，嘴角苦苦地扯開，「好低層次的爭論。」

「妳怎麼這樣？」我怪她不跟我同一陣線，搖晃她肩膀，隨後想起放學後的事，「對了！放學後我們眞的要去吃草莓蛋糕，看看哪一種吃法才對，要不要一起來？」

她先是露出一個古怪的表情，好像有話想說，又好像是輕輕嚇一跳，不過又馬上婉拒，還順便調侃了我和顏立堯。

「謝啦！這種低層次的要事，交給兩位去做就好。」

顏立堯很爽快地哈哈大笑。他私底下告訴過我，原以爲湘榆這大美人會有嚴重的公主病，誰知道她有時比男生還要有魄力，他挺欣賞的。

下一堂，也就是今天的最後一堂上課，我一面做筆記，一面不由自主回想方才那段幼稚的打鬧，心裡莫名在意。會不小心波及湘榆是因爲……因爲她有事才走過來吧？有什麼事呢？也沒見她再提，會不會是我想太多了……

「啊！」

雖然音量不大，不過那不經心脫口而出的聲音還是讓四周同學朝我瞥來，我不好意思地低下臉，斜前方的湘榆用唇語問我「妳在幹麼」，我搖搖頭，吐吐舌頭，她才放心把頭轉回去。

我想起來、我想起來了！昨天某一節下課，我和湘榆曾經聊起一家新開的大頭貼店，於是半開玩笑地說今天要找時間去拍。湘榆剛剛一定是想來確定拍大頭貼的事！

我萬分懊惱地把臉埋進手心，怎麼會把這件事忘光呢？竟然還那麼理所當然地邀她一起吃蛋糕。

仔細想想，自從和顏立堯交往之後，我和湘榆相處的時間也相對減少，以前下課時間都膩在一起，放學一道回家，有時還相約假日出去逛街，現在呢，那些時間幾乎都給了顏立堯。

我歉然面向正忙於書寫的湘榆，湘榆總是一直爲我打氣呢！我怎麼一交男朋友就忽略她，而她還體諒地保持安靜……最近，無意間觸見湘榆的側影，都有落寞的感覺。

再瞧瞧後方的顏立堯，他依舊心不在焉，對著窗外出神，只有右手還認眞轉動原子筆。我想，顏立堯也是一樣吧！也是不得不疏遠平日的哥兒們，甚至程硯那個死黨。

程硯會覺得寂寞嗎？他給我的印象是，就算和周遭的人格格不入，只要他自己的事情順利就好，別人最好也不會影響到他，至於那些感性問題都不在他的煩惱範圍之內。這樣的程硯，會寂寞嗎？

「啊？」我向顏立堯提出疑惑，他卻當我問了一個來自外太空的問題，接著用力搖頭。「程硯？沒辦法想像，完全沒辦法！」

「爲什麼那樣說？畢竟你們很要好啊！不是從小一起長大的朋友嗎？」

「是沒錯，不過男生……」他抓抓頭，「男生不是那麼感性的動物，尤其是阿硯，他可以自得其樂的事情很多，才不會管我有沒有理他呢！」

「可是，」我鼻頭一酸，不是故意的，但一提起湘榆的名字就不行了。「可是湘榆不是那樣的人啊……」

寂寞的時候，都是湘榆來陪我的，只有同樣會感到寂寞的人才懂得陪伴的重要。

「那，妳就去吧！」顏立堯牽著我的手，舉高，作勢催我離開。

「今天吃蛋糕要放你鴿子了。」

「不要緊，我的女朋友是別人的好朋友，我很高興啊！」

依稀，他將手握得更緊了一些才放開，看上去眞的很高興。

「草莓蛋糕……就算先把草莓吃掉也無所謂喔！因爲是跟你一起吃，怎麼樣都會很好吃。」

硬著頭皮把那句話說完，臉也變得紅撲撲的，但是爲了表示誠實，我從頭到尾都沒移開視線。顏立堯在我勇敢的注視下，欣然揚起嘴角。

「就算沒有草莓蛋糕可以吃，只是跟妳在一起呼吸空氣，就好像已經做到今天最重要的事，沒有遺憾了。」

「呵呵！好不切實際。」

「就是不切實際得拿它沒辦法呀……」

我們站教室門口，很巧的，所有的人像約好了一樣一起從這條走廊上消失，被放學後會將一切淨空的時光吸入似的，剩下我們兩人，門內門外。他低頭親吻我的額頭，那個時候我只聽見狂亂的心跳忽地靜止一秒，極致美好的瞬間在那一秒輕輕地凍結住，沒有前面，沒有後續，只有他的吻落在我額頭上的刹那，在時光洋流中被一聲一聲的心跳……凝住了。不同於上回在九族文化村那個突然其來的吻，這一次顏立堯是以非常緩慢的方式，先碰著我的劉海，再滑到眉心上方，宛若羽毛般的重量印了一下。

那是很「男朋友」式的親吻。

因爲是在學校，我的心臟還因此緊張地糾結在半空中，直到觸見他深情款款的眼眸，這才舒緩開來。

喜歡一個人到底有沒有盡頭？無止的情感有時讓人覺得害怕。

「爲了謝謝你，下次我也可以讓你放一次鴿子。」我調皮地說。

「可以讓我放一次鴿子？」他不懂而複述一次。

「嗯！我允許你，而且不會生氣。」

「也不會傷心？」

「咦？」

我的笑停頓一拍，他卻用手摸摸我的頭，「沒有啦！妳快去吧！」

「嗯！拜拜。」

我背著書包往前跑好幾步，再回頭，顏立堯仍然以同樣的姿勢目送我，只是他的神情又回到問我那句會不會傷心時，難以解讀的淡淡憂傷，他在那條無人走廊的身影忽然透明得也要被時間吸走一樣。

總覺得……如果他眞的放我鴿子，他肯定會比我更難過好幾倍吧！

我跑出校門口，跑到學生熙熙攘攘的街上，不費一會兒工夫便找到湘榆的蹤影，她果然落單地步行回家。

其實只要她開口，樂意陪她上山下海的男生多如過江之鯽，但湘榆誰也沒找，她有她的原則，有的人在她心上就是那麼獨一無二。

我不作聲響跑到她身邊，自然而然踏上與她相同節奏的步伐，她掉頭發現我，微微驚訝，卻什麼也沒問。我望著她，給她一個「一起走吧」的笑臉，「好啊」，她轉回前方的歡欣臉龐似乎那麼說著。

我們到新開幕的那家大頭貼店拍了好幾張獨照和合照，滿懷期盼，期盼這份甜如糖果的友誼會永遠持續下去。

「等我們八十歲的時候再來拍一次吧！」

湘榆打量照片許久，沒頭沒腦這麼邀約。

她對著發愣的我做出老態龍鍾的鬼臉，我「噗嗤」一笑，學起老婆婆的模樣貼在她身邊，對著機器鏡頭一起比「YA」。

十七歲的我們根本不懂得所謂八十的年歲會是怎麼樣的人生歷程，能不能走到？會以什麼方式走過？這些都不了解，只是單純地拚命期望我們直到八十歲都是好朋友。

「喂！那不是顏立堯嗎？」

路上，湘榆拉住我，萬分確定地指向坡道下方。我們回家的路有一段比較像產業道路，兩旁種滿椰子樹，車子不多，寬廣的馬路右邊有一道長長斜坡，斜坡下就是農地了，有時種油菜花，有時什麼都不種。

路邊擱了兩台腳踏車，顏立堯和程硯就坐在斜坡上，背對我們。原來顏立堯不知道用什麼方法也把程硯找到了，然後待在這裡消磨時間。還是老樣子，顏立堯起勁地要笨，程硯大多時候沒怎麼搭理。

「要不要過去找他們？」

湘榆顯得興致高昂，我猶豫一下，牽住湘榆手腕。

「不了，那是他們自己的時間哪！」

「什麼意思？」

「意思是不要打擾他們啦！」

我神祕兮兮將湘榆拉走，留下斜坡上的顏立堯和程硯，以及那兩台相依的腳踏車。

不曉得顏立堯有沒有發現，坐在坡道上的程硯儘管依舊寡言，偶爾笑一笑，不過，他的五官線條應該與他此刻的心情相仿，一如冰山融化下來的水，柔軟，而晶瑩透亮。

創下近十年最低溫的冬天過去了，春天來臨，夏天的腳步蠢蠢欲動，我和顏立堯的交往順利維持著現在進行式。就算難免的小吵架，也很快和好。而且託顏立堯的福，我和程硯不再那麼陌生，念書或吃午餐的時候，他和湘榆會加入我們。剛開始程硯是被顏立堯硬拖下水，後來他也習慣有顏立堯以外的人在場，湘榆還膽大到敢開他玩笑。我不至於那麼造次，不過主動和他聊天也變成稀鬆平常的事。

記得學校有過幾次全校跳土風舞的課，舞伴輪呀輪著，總會交換得到。奇的是，每次當我快要和程硯配對的時候，音樂就停了，是非常突兀地戛然而止。我們老是隔著一個相鄰的距離，互望一眼，他站得筆直沉穩，非常有教養，給人一種王子從故事書中走出來的錯覺。這到底是巧或是不巧？偏偏就是沒辦法跟他跳到舞。我不是真的那麼想和他一起跳舞，只是很好奇和他跳舞會是怎麼樣的情景？碰觸到他那鋼琴家特有的修長手指是什麼感覺？近距離面對面觀望他的臉又會是如何不同的視野？

和他共舞的女孩子肯定會覺得自己像公主吧！

然而，和程硯變得比較熟，我還是沒有他家的電話號碼，這個不能問顏立堯，我不想讓他知道我有事要找程硯。所以我決定用笨方法，三天兩頭就到上次遇到程硯的那家便利商店晃，多晃個幾次，總會讓我遇到他出門吧！

然而，眼看暑假都過一半，在那家便利商店也砸了不少錢，這期間就幫哥哥買過幾次蠻牛，卻還是沒能遇見程硯，他該不會整個暑假都關在家裡念書吧？

「蠻牛，蠻牛，蠻牛……」

有一天，便利商店的擺設做了改變，我找不到哥哥的蠻牛，彎腰在冰箱的架子上一排排瀏覽，那些瓶瓶罐罐的飲料一換位子就變成我不認識的牌子，好難找。

「在這裡。」

我低下的頭頂被人用手掌輕輕擋住，抬頭，程硯就在我面前！

他一身輕鬆的便服，漠然與我相對。再瞧瞧一旁冰箱，好多蠻牛擺在架上！

「啊……不是我要喝的喔！」我想起上回類似的際遇，趕忙主動澄清。

「我知道。找東西也不用唸出聲音來吧！」他拎著一罐汽水就往櫃台走。

原來他有聽見呀？好丟臉喔！

我跟在他後面結了帳，在便利商店外叫住他。

「呃……那個……你可能會覺得莫名其妙，我也不曉得該怎麼說才好……」

當我支支吾吾半天，他居然很乾脆地轉身。「那我走了。」

「等、等一下啦！」就不能讓我猶豫一下嗎？「下下星期是顏立堯的生日，我想問你他會喜歡什麼禮物？」

我一口氣說完，他則困惑地看著我，直到令我覺得那個問題蠢得可以。

「因為，你跟他交情久，所以我想你應該會知道他喜歡的東西。」

「……什麼都可以吧！」

他又想走，這一次我搶先跑到他面前，攔住他。

「我是很認真地在問你。」

程硯和固執的我對視半晌，語氣放得軟化一些。「我也是認真地在回答妳，只要是妳送的，那傢伙都會喜歡吧！」

我聽完不禁害臊起來。他依然沒有講出我預期中的答案，不過，既然他是認真的，我就相信。

「謝、謝謝……」

「不客氣。這種事自己想一想就應該會知道吧！」

就連最後一句話他也毫不留情，兀自帶著汽水離開。

我花了兩天時間煩惱到底應該送什麼禮物比較有紀念性，後來又想起顏立堯要求一畢業就分手，說不定他不認為我們這段交往值得紀念呢！還是別自作多情，免得造成人家困擾。

「做草莓蛋糕好了。」

如果他願意，將來會把草莓蛋糕的形狀和味道記在心底的。

雖然我對做家常菜很拿手，但是蛋糕就完全沒碰過，這個時候難免為自己沒有媽媽這件事感傷，如果她在，就可以教我了。

有一次找藉口甩開顏立堯跑去書局找蛋糕教學書，還拿出一大筆積蓄買了昂貴的器材回家，等一切就緒，便開始試做蛋糕。

起初做得不順利，蛋糕體太軟撐不起來，或是奶油調得過分甜膩，那些失敗的蛋糕成為我連續一個星期的早餐，不僅吃到想吐，還得費心減肥。

暑假期間哥哥待在家裡的時間長，他當然也注意到我狂做蛋糕的行徑，有一回我沾了滿臉麵粉從廚房走出來，他終於忍耐不住詢問，「學校作業嗎？」

「嗯？」我以為他在專心看影片，不會理會我呢，「呃……不是，和湘榆約好要做蛋糕。」

這理由很女孩子氣，哥哥不疑有他地碎碎唸：「那個男人婆也會做這種事？」

只要哥哥稍微提起湘榆，我便暗自為她開心，如果湘榆也和我一樣有男朋友，那該有多好。

將來湘榆嫁入我們家，或許藉由她，我和哥哥的感情會變得更好，而我和湘榆也可以一直當好朋友。

一邊懷抱著未來美好的遠景，一邊賣力練習，我的草莓蛋糕也愈來愈像草莓蛋糕了。

可惜，事與願違。

顏立堯的生日八月十六日當天，一個中度颱風侵台，從前天開始，各家電視新聞就全天候追蹤颱風動向，沒想到我的擔憂成眞了，八月十六日政府宣布放假，我們也不用上輔導課，簡直是晴天霹靂！

不幸中的大幸是，爲了要給顏立堯驚喜，事前並沒有跟他約好。只是辛辛苦苦做好了蛋糕，卻不能爲他慶生，心裡好難過喔……

窗外風雨交加，窩坐在床上的我把頭埋進膝蓋，心酸掉淚。

我無論如何也想幫顏立堯慶生，因爲明年這個時候我們已經分手，再也沒有機會了。

下午，我不死心，再度來到窗前觀看，嗯……雨勢好像沒那麼大，風呢，吹起來不是太恐怖，路上多了一些外出的車輛和行人。

我定睛看著街景許久，終於下定決心！

把蛋糕小心翼翼擺入圓形紙盒，再把圓盒放進背包。經過哥哥房間外頭，他的房門沒關緊，可以窺見他正躺在床上呼呼大睡。爸爸昨晚就在公司加班，今天八成回不來吧！

我考慮一會兒，總之，不用吵醒哥哥，偷偷外出送蛋糕，速戰速決！

穿上雨衣，我騎著腳踏車出門，才一出巷道，差一點被強勁的側風吹倒。

「哇！」

我驚叫一聲，煞住車子，前方路人們的傘接連翻開，像開花一樣，這也算是奇景吧！看來即使是威力減弱的颱風也不容小覷呢！我再次使勁踩踏板，逆著強風騎往顏立堯的家。以前去過一次，因為他說他媽媽怎麼樣都想認識我。顏立堯的家教挺開放的，那次相處很愉快，顏家父母非常親切，對我很好，好到有種……對於我和顏立堯交往而心存感謝的地步。

我憑著上回的記憶，騎車來到顏立堯家樓下，他家也是公寓，在八樓。匆匆丟下腳踏車，衝進公寓大樓下的騎樓，費力地把雨衣脫掉，這才發現雨衣在這場風雨根本起不了作用，我的頭髮和身體都淋濕了一大半。因為有大門管制，沒辦法直接進去，我抱著背包躲在騎樓最裡面的地方，以防被灑進來的雨水潑到。

「喂。」

用大樓外的公共電話打到顏立堯家，剛巧是顏立堯接起來，他一下子便認出我的聲音，快樂地猜測我的目的。

「嗨！女朋友，要跟我說生日快樂嗎？」

「我在……在你家樓下。」

我一直想辦法往牆壁靠，雨水一直濺到我的腳，好涼、好涼。而電話那頭的他因為過大的風雨聽不清楚我講的話，又問我一次。

「我在你家樓下！」

我用盡力氣對著話筒大喊，卻輕易地被滂沱大雨掩蓋過去，幸虧顏立堯總算聽懂了，他再次確認我真的在樓下後，再三囑咐要我別亂跑，他馬上下來。

不到三分鐘，顏立堯果真出現在大廳電梯口，他發現我時一臉驚訝，我則露出跋涉千里終於抵達終點的慶幸笑容。

「妳在幹麼呀？今天是颱風天耶！妳知道有颱風吧！」

他一面帶著怒氣唸我，一面帶我走進大廳，搭電梯上樓的時候，他還不停地說著話。

「妳騎車來的？這種天氣騎車會被吹走啦！到時候我要去哪裡撿我的女朋友？」

我不能回話，電梯空調害我冷得直發抖，一聽見我打出的噴嚏，他才止住，莫可奈何地嘆氣。

「先把妳弄乾吧！」

顏立堯的家人見到我，藏不住訝異。他們嘴上沒說什麼，還是親切如昔，我卻很不好意思，一路極度客氣地來到浴室門口。顏立堯把他的襯衫借給我，所幸我穿的五分褲沒怎麼弄濕。

梳洗過後，我們坐在床沿默默對望，我知道在罵人和質問之間他還沒決定好應該先從哪一項開始。

稍後顏媽媽端著熱茶進來，他一個箭步閃到書桌前的椅子坐好，不讓媽媽懷疑自家兒子會對女生做出什麼不該做的事。

「需要再來一杯不用客氣喔！」

顏媽媽笑盈盈地退出去了，還故意將房門留下一道縫。

房內再度剩下我們兩個之後，他又若有所思瞅著我，我也心知肚明等待他，三分鐘過去，他沒轍地把臉埋入彎起的手臂。

「妳喔……就算生日要讓我高興也不用這樣吧！」

他猜到了耶！猜到我是爲了他的生日而來，再次抬起的臉亮著迷人的神采。

「所以你是高興，還是不高興？」

他反坐在椅子上，受不了我的笨問題，「當然高興呀！那還用說。就算妳只是打個電話來說『生日快樂』，我也超高興的。可是妳在颱風天跑來，眞的太危險了，以後別再做這種事了啦。」

「我有禮物要給你嘛！」

「妳可以叫我去妳家拿呀！」

「哪有叫壽星自己來拿禮物的。」我坐到地板上，興沖沖打開濕答答的背包，拿出裝有蛋糕的圓盒，幸好盒子沒淋到多少雨。「你看，我自己做的，不會輸給專業師傅喔！」

聽我這麼說，他也好奇地坐在圓盒前，等我把盒蓋打開，揭曉謎底。

才把蓋子拿走，我卻當場愣在那裡，捧著蓋子的雙手就僵在半空中。草莓蛋糕……草莓蛋糕發生土石流了……

整個蛋糕就像比薩斜塔般傾斜四十五度，有幾顆點綴用的草莓還可憐兮兮躺在底盤上。是因爲我好幾次被風颳得不得不緊急煞車的關係嗎？還是因爲要躲避迎面而來的大雨而俯衝的騎車姿勢造成的呢？

重點是、重點是……我眞的努力很久耶……

那個不像樣的蛋糕一落入眼簾，淚水便開始在眼眶打轉。

「本來眞的是很漂亮的蛋糕……」

我還淪陷在重大打擊當中，連聲音都有氣無力的。

「現在還是很漂亮啊！」顏立堯維持著驚喜的亢奮，不斷發問：「妳自己做的？我是第一個吃妳親手做的蛋糕的人嗎？妳有沒有像漫畫那樣熬夜做蛋糕？我現在可以吃了嗎？」

我被逗得破涕爲笑，「還沒有唱生日快樂歌和吹蠟燭。」

「那妳開始唱吧！中文和英文都要。」

他先點燃蠟燭，又去拿吹風機過來，坐在我身後，開始呼呼地吹起我淋濕的頭髮。

顏立堯的手指輕柔地在我髮間舞動，還很細心地讓上下左右的頭髮都能吹到熱風，有幾次他的指尖碰到我的後腦杓，我總會敏感地起雞皮疙瘩，一面偷偷撫著手臂，一面感覺自己像被保護過度的女孩子。我是第一次讓男生吹頭髮，有點開心，還有點不自在。

他的格紋襯衫在我身上顯得過大了些，長袖蓋過我的手，下襬也長得像迷你裙，這樣的衣服被我穿著，模樣一定怪可笑的吧！衣料材質比起我的衣服粗，很難不去意識到這件不屬於我的衣服貼在肌膚上的觸感。不過，他的衣服透出曬過太陽的氣味，和他本人一樣乾淨清爽，聞著聞著，好像被他環抱似的。

他今天剛過十八歲的生日，我卻已經等不及要看看二十八歲的顏立堯。

「你又長大一歲了呢！再過兩年就不是未成年囉！」

在我背後的顏立堯微微放慢速度，正在聽我心有所感地說下去。

「等到你成年之後，又要開始煩惱『唉呀，為什麼長輩老愛催我結婚』這種問題，還得不到解答的時候呢，不知不覺已經是兒孫滿堂的老公公了，到那個年紀啊，今年到底是幾歲也會覺得無所謂了吧！」

「……大概吧！」

「重要的是，每年過生日時，都會因為又度過很棒的一年，所以覺得不枉此生啦！喂，顏立堯，你臉上出現皺紋，到底會是什麼樣子呀……」這一次他靜靜的，沒有接腔，我舉起手，準備打拍子，「蘇明儀要唱囉！祝你生日快樂，祝你生日快樂……」

我聽話地唱完一遍中文版，接著又唱英文版，等到最後一句歇了音，依稀聽見他在我身後重重呼吸。

「嗯？」

我要回頭，顏立堯驀然從後方抱住我，力道很緊，他的臉深深藏進我的肩窩，地板映出我們在燭火中微微顫動的光影，靠著我的顏立堯活脫是個極需撫慰的孩子。

顏立堯從未有過的蠻橫令我莫名憂忡。「怎麼了？」

「……我感動斃了。」

「呵呵！什麼嘛！這樣就很感動？那等一下吃我親手做的蛋糕不就要痛哭流涕啦？」

「對呀……」

不曉得是不是我的錯覺，他的聲音摻著些許鼻音。

在風雨飄搖下，在美麗的燭火中，顏立堯一口氣吹熄所有蠟燭。等到日光燈乍現，我問他許了哪些願望。

「不能說。」他專心切著蛋糕，不願意告訴我。

「只有第三個願望才不能說，其他兩個可以呀！」

「不行，因爲，我三個願望都一樣。」

「好浪費喔！」

「才不會，三個願望一起用上，也許效力會比較強。」

好吧！他的邏輯也不無道理。我只是不明白，爲什麼和顏立堯愈接近，就愈覺得他這個人不可捉摸，好像他有很多祕密。或者說，爲了一個最終的大祕密，間接的，許多事情也變得不能啓齒。

偶爾，我也感覺得出他不想讓我知道得太清楚，那個時候，總會特別寂寞。

就在顏媽媽第三次端著點心來巡房，外面風雨已經減小許多，籠罩在這城市的雲系花了幾個鐘頭的時間終於逐漸走遠。

我換回自己被烘乾的衣服，向顏家告辭。

「我送妳。」顏立堯抓了件雨衣走出來。

「不用啦！還要穿雨衣很麻煩。」

然後他暫停穿鞋的動作，用一種既懊惱又無奈的表情看我，那表情爲什麼也這麼可愛？

「幹麼？」

「妳好笨，送妳當然只是藉口啊！」

什麼的藉口，我沒追問，只是歡喜地和他牽手。

我們走進電梯，他按下一樓的按鍵後忽然說：「蘇明儀，謝謝妳。」

「謝謝我幫你慶生？」

「嗯……很多原因。謝謝妳幫我做草莓蛋糕，謝謝妳跟我一起先吃掉草莓再吃蛋糕，謝謝妳的生日快樂歌，謝謝妳今天冒著生命危險來找我……」

我見他講個沒完，咯咯發笑。「總而言之，就是謝謝我幫你慶生呀！」

「最重要的是，」他轉頭，我喜歡他看我的眼神，宛如全世界只在乎我的存在一樣。「謝謝妳讓我的十七歲和十八歲比什麼都特別。」

他這句話比任何一句致謝詞更叫我深深感動，感動欲淚。

「不客氣……」

就在心頭湧起一陣突然好想緊緊抱住他的情緒時，顏立堯低下臉，吻了我的嘴唇。那是一個短暫而又深入靈魂某處的吻，在電梯沉重的下墜引力中，我卻輕飄飄懸浮在顏立堯給我的宇宙。

你就是我的太陽，炙熱的太陽，全心全意照耀著我，使我的十七歲和十八歲同樣無可取代。

——生命中美好的時光，成為記憶中不停重複的一個閃耀的點，像是要逃避現實的不堪而一遍又一遍，重複著。

【第八章　思念】

十九歲的顏立堯看起來很好，如果真要說什麼變化，也是他多了分歷練後的沉穩，其他的，與那個深深烙印在我腦海的顏立堯完全一樣。過去一切的一切，恍如昨日。他身上的潔白襯衫嵌滿了夏日陽光，閃亮得叫人睜不開眼，因此我掩住臉，止不住哭泣。

湘榆受不了，一把推開女性友人的手機。「喂！妳不知道他們早就分手了嗎？現在還給她看這個幹麼？」

女性友人無辜地埋怨，「我又沒別的意思，也許明儀也想知道他的近況呀！」

一聽見「近況」，我本能上前拉住她，「他在哪裡？他有沒有說他住在哪裡？有留下電話嗎？」

似乎是我太著急，她被嚇得有點不知所措，只好對我猛搖頭。這回湘榆上前將我拉開，痛心疾首地說：「妳問那些做什麼？他如果真的想找妳，早就跟妳聯絡了。妳還不懂嗎？他問妳好不好，只是客套話！」

我怔怔回望氣呼呼的湘榆，掉下眼淚。程硯看不過去，要她別再說了，湘榆反而因此爆發。

「我就是對顏立堯氣不過啦！當初說分手就分手，什麼聯絡方式都沒有留下來，整個人就這樣從我們大家面前消失！事後又問明儀好不好。這算什麼！耍人嘛！」

「阿堯不是那種人。」程硯只為他澄清這一句。

湘榆根本不買帳，「哼」一聲，將雙手用力按在我的肩膀上。「我知道，當初他很喜歡妳，妳也很喜歡他。可是明儀，那些都是過去的事，妳應該往前看了，已經經過六年，人家搞不好都娶妻生子，只有妳，全世界只有妳還不認為自己被顏立堯甩了！」

我知道，說話不留情的湘榆總是為我好。我知道，原地踏步的人生是不行的。我知道，打從一開始顏立堯就不打算讓我參與他的未來。

儘管如此，現在哭得狼狽不堪的我卻沒有辦法對湘榆說「我知道」。

「我要出去一下。」

我忍住抽噎，擦掉眼淚，佯裝什麼事都沒有地穿過人群，離開餐廳。

要去哪裡，自己也沒個底。烈日下漫無目的走著，臉上潮濕的淚痕更能感受到風的來到。我停住，彷彿能觸及看不見的氣流，我這邊的角落，他那邊的角落，或許還吹著同一陣風。

有間便利商店外擺放長椅，我坐著發呆，時光安安靜靜地走過，靜得就算告訴我現在仍是十七歲那一年，我也會相信的。不知道過了多久，也許並沒有太久，程硯便出現在我面前。他拎著我遺忘的皮包，沉著的臉上殘留一些掩飾不及的著急。

「謝謝。」

我接過皮包，像抱枕一樣抱進懷中。他依舊站在原地，遞出那支舊手機。

「這個，如果妳想留著，她說可以給妳。」

面對儲存著顏立堯相片的手機半晌，還是慢吞吞將它接了過來。

「還有，秦湘榆說，她很抱歉，她不是故意說那麼難聽的。」

我默默點頭，表示了解。片刻後，又抬頭問：「你呢？」

他聽不明白。

「你不想也罵罵我嗎？」

「……多一個人罵妳，妳就會比較好受嗎？」

我望著他，再次落下眼淚。其實，這樣的哭泣是很舒服的，累積了好幾年、好幾年的僞裝，僞裝自己安好無恙，終於被戳破罵醒，然後得以紓發，是非常舒服的啊！

程硯在我面前蹲下，輪到他微仰著頭看我，「我沒有資格說這種話，不過，阿堯不是那種道別後就跟過去撇得一乾二淨的人。身爲他的朋友，我希望妳能明白這一點。」

我做了一次深呼吸，沒有用，仍然熱淚盈眶，只能用發抖的聲音告訴他一件從未跟別人提過的事。

「跟你說，這件事我只對你說。高三畢業後我到車站送他，直到他上火車的那一刻我都相信他就要義無反顧地把我撇下來了，眞的。可是……可是當火車開動，開始離開月台，我看見顏立堯……我看見他哭了。我發誓，我看見他哭了。」

說到這裡，我已經泣不成聲。那一年分離時狠狠撕裂的痛，直到如今，還在胸口隱隱延續著。

「所以，我沒辦法就這麼放棄，我想他是不得不跟我分開的。如果是那樣，那我就不能輕易放棄……我知道這樣很笨，但是他爲什麼不讓我知道分手的理由？不喜歡我也好，想要出國留學也好，什麼理由都好，只要給我一個理由，或許我現在就不會這麼痛苦……」

程硯眉頭深鎖，鎖進了濃濃的憂鬱。他輕輕撫過我的臉龐，大大的手掌蓋過我的臉頰和耳朵，那是他第一次以這種方式觸碰我。他暖燙的手心也在微微顫抖，似乎這樣的接觸令他痛苦。

「對不起……」

他說。

了。

✧

颱風過境當天，我幫顏立堯慶生後，他便送我回家，而雨勢已經轉為微弱的毛毛雨

不過，才到巷口，就看見湘榆撐著傘站在大樓門口，焦急地東張西望。當她發現我們騎近，張大嘴巴，馬上朝我們跑來。

「明儀！妳去哪裡呀？」

「我……去顏立堯他家，他生日……那妳怎麼會在這裡？」

她聽完又氣又無奈，「妳把大家都嚇死了，颱風天跑得不見人影，蘇仲凱還打電話到我家找妳！」

「我哥？」

「對呀！他現在開車出去找妳了，我就過來妳家等人，妳喔……看妳怎麼賠罪！」

顏立堯發現我一臉歉疚，低聲問：「妳該不會沒跟家裡報備吧？」

我搖頭，他才恍然大悟，「也對，不然妳家裡哪可能讓妳在這種天氣出門。」

「可是，我家平常都沒人在呀！就算有人在，也不會關心我去哪裡……這樣還要我報備，很奇怪啊……」

不是沒想過要報備，而是故意不報備的，那個任性的念頭，在出門前看著熟睡的哥哥，一度閃現我的腦海。

我這麼做只是爲了想……只是想……

「大叔回來了！」湘榆望見從我們後方駛來的轎車，認出那是哥哥。

哥哥快速下車後，先給了我一眼，然後是顏立堯，這時他的神色已經從焦急到放心，又轉而疑惑。

湘榆看出我的畏懼，先上前跟哥哥解釋，「大叔，明儀剛剛是去朋友家啦！他今天過生日，明儀去幫他慶生，很正常嘛！」

顏立堯接著大人樣地主動向哥哥說明，「對不起，明儀是來幫我慶生，下次我不會再讓她在這種天氣出門……」

他還沒說完，哥哥拳頭一揮，揮在他左臉上，顏立堯立刻跌向他的腳踏車，連人帶車倒在地上。

「壽星了不起啊？非要別人去你家慶生不可？」

哥哥在盛怒中大吼，嚇得湘榆看呆了，我也嚇到，只是回神得快，趕忙把顏立堯扶起來，自己擋在他前面，深怕哥哥不分青紅皀白又動手。

「他不知道我要去，是我自己要去的，我本來想送個蛋糕就馬上回來，可是風雨眞的太大……」

哥哥瞪著我，他抿得很緊很緊的唇想說什麼，才揍過顏立堯的拳頭也沒鬆過分毫，我第一次見到發火的哥哥，好可怕，甚至做好會挨打的心理準備。

不過，哥哥最後轉身走了，沒有半句責怪。他離開的時候把憤怒和話語硬是忍下來，只留下撒手不管的背影，我有一種被捨棄的感受。

我闔上眼，傷心落淚。就算挨罵也沒關係，只要曉得哥哥是關心我的就好，當初我是抱著那樣的傻念頭不告而別的。

顏立堯說他是男生，衣服又髒又濕沒關係，他要直接回家，不過他再三叮嚀我一定要好好向哥哥說對不起。

「過幾天等他氣消了，我也會再來跟他道歉。可是，蘇明儀，要別人擔心妳是一種不幫對方著想的行爲，那根本看不出來妳喜歡妳哥。妳一直希望家人疼妳，這樣是不行的，妳自己也沒試著接近妳哥半步啊！」

他騎車離開後，湘榆陪我上樓，她安慰我一會兒也表示要回家。我在房間裡，聽見她路過哥哥關閉的房間時，刻意大聲對裡頭說話。

「大叔，妳知道明儀在想什麼嗎？她做了那麼任性的事，不過也想跟幸福的孩子一樣，被家人寵愛著。喂！你聽到了嗎？」

哥哥的房間依然繼續沉寂。然而顏立堯和湘榆的話，讓我難過得哭泣好幾次，枕頭都濕了一大片。

草莓蛋糕，其實不只做了一個，我把另一個冰在冰箱，希望有機會擺在客廳桌上，讓爸爸或哥哥不小心看到，然後以為是誰買的，就開開心心地把蛋糕吃光。

我原本是這麼懦弱地計畫。現在，我端了一塊切好的三角蛋糕，來到哥哥房門外，躊躇許久，深呼吸。

「哥。」

好膽小的聲音，聽起來完全不像是我的。房門另一頭安安靜靜，那令我的心情更加七上八下。

「哥，對不起，害你出門找我，下次不會這樣了。還有，我、我還有另外做一個蛋糕要給你和爸……我放在外面喔！」

啊……我講得好爛喔……一面懊惱，一面輕輕將盤子放在地上，才觸地，眼前的門突然打開，我緩緩抬頭，看見哥哥高大的身影正朝我伸出手。

「蛋糕不要放在地上，我又不是犯人。」

我匆匆起身，把蛋糕盤子交給他，他接下後，並沒有立刻轉身進門，而是強迫自己直視著我，不怎麼習慣這毫無保留的注視，他因此微微靦腆著，我也是。

「下次天氣不好還要出門，我可以載妳。湘榆那丫頭說、說哥哥是用來使喚的……一般好像是這樣吧！」

「……湘榆亂說的……」我的鼻子好酸。

「我不知道……我不知道別人家的哥哥都怎麼做，不過，我有想過要好好做……就這樣。」

哥哥的話，最後有點沒頭沒尾。他大概也講不下去，搔搔頭，端著盤子進去。我望著哥哥一邊走一邊用叉子把蛋糕切開的姿態，顯得有點笨拙，只是那畫面眞好看，我笑著看，笑著等眼前變模糊。

然後，雖然只有一點點，但我眞的感覺到我們之間原本遙不可測的距離縮短了，哥哥走近一步，我願意爲他走近剩下的九十九步。

過幾天，顏立堯果眞來我家，再次向哥哥正式道歉。哥哥隱約曉得他是我男朋友，態度總有說不上來的敵意，甚至還附帶「你敢怎麼樣，就給我小心一點」的警告意味。顏立堯對於哥哥惡劣的態度，反而感到有趣。

「我自己也有妹妹啊！別說是對我妹出手，就算只是知道她交男朋友，就恨不得把那個王八蛋掐死……啊！以上是想像，我的意思是，光是想到妹妹跟家裡以外的男生有親密關係，心裡就是不爽快，這可不是戀妹情結喔！」

「呵呵！那上次你被揍的地方還會不會痛？」

「不會了。早知道我應該先跟妳哥保證，這一年我絕對不會向妳出手。」

他嘿嘿地開玩笑，我卻驚覺愣住。一年，我們只剩一年了呀……

之後，我們升上三年級。

或許是意識到時間的不可抗力，我在書局買下一本月曆，是從今年七月一直延伸到明年七月的跨年月曆，每一個月分都附有和那個季節吻合的漂亮風景照。

「妳買這個做什麼？」顏立堯拿著選好的書走過來。

我倉皇回身。啊……什麼時候開始呢？見到一如往常的他，熟悉的走路方式，熟悉的手指動作，熟悉的眼神變換，熟悉得彷彿明天的明天依然都能見到他一樣，胸口會隱隱作痛。

「提醒自己指考快到了嘛！」

「哈！這麼早就有考生的樣子啦！」

一畢業就分手的約定，我沒有一天忘記，正因爲如此，每天早晨一睜開眼，看見再一次升起的太陽，看著看著，心就酸了。

路上，我帶著那份月曆，顏立堯帶著他的書，一前一後地走，我也有了刻意走慢，在後頭觀望他背影的習慣，認眞的注視就好像要把一輩子的分都用完一樣，希望他的身影能精準地復刻在記憶裡，縱然他會消失，而我希望我還能追逐得上。

「嗯？」顏立堯發現我落後的腳步，停下來，伸出手。「妳在幹麼？快來呀！」

顏立堯是個體貼的男朋友，他不會滿口甜言蜜語，但會注意我在不在身邊，有時我分了心，有時被人潮沖散，他都可以在第一時間就察覺，並且再次牽牢我。

最近，一牽住他溫暖的手，竟然會有難過的感覺，心臟的抗壓性好像變弱了。

「喂……大學你想念哪一間？」

有一次，我難得鼓起勇氣問起畢業後的事，這個問題不算犯規吧？顏立堯坐在窗檻上，對著靠牆的我露出一時之間不知如何回答的表情。

「哪一間都好啊！」感覺他有敷衍的嫌疑。

「總是有第一志願吧！」

「第一志願喔……」下課時間，走廊人來人往，他的目光就跟著來去的學生轉來轉去，擺明根本沒有認眞思考的誠意。「時間還早，沒考慮這麼多。」

我有點生氣，「你是不是不想讓我知道？」

「妳該不會是想追過來吧？」

他面帶微笑。好傷人。

「渾蛋。」

我低聲罵了他一句，掉頭就走。那一整天我都故意不理他，他一定也知道我在生氣，很識相地沒來鬧我。

那天放學我和湘榆一道走，經過種滿椰子樹的那條路，顏立堯騎車接近我們。

「蘇明儀，我有話跟妳說。」

湘榆看看他，又瞧瞧我，自以為體貼地告退，「你們慢聊，我不參戰啦！」

不要走啦……我目送她跑去找另一個女生交談，頓時孤軍無援。

「喂，妳打算一直不跟我說話嗎？」

「是你什麼都不說的。還有，提醒你，我還在生氣喔！」

「聽說下下個月有流星雨，我們去看吧！」

居然扯到流星雨了？爲什麼連跟他吵架都會變成雞同鴨講呢？

「不要，我不確定下下個月是不是還在生氣。」

他衝著我的回答笑了幾聲，又繼續周旋，「走吧！這次的獅子座流星雨特別壯觀，五十年才一次喔！」

「哼！五十年後我才六十七歲，還是能夠看得到。」

他沒來由地停住車子，不再窮追不捨。我回頭看他，顏立堯用一種奇妙的神情望著我，似乎對於我剛才的話有所醒悟，又似乎因此而淡淡哀傷。

「可是，畢業後我就要搬家了。」這是他第一次主動提起畢業後的事，「搬去哪裡是祕密，所以，蘇明儀，我只能跟妳一起看這次的流星雨。」

「……」

「妳答應過不問的，是不是？」

我們並沒有五十年那麼奢侈的時間，我懂的，只是有時候會不小心忘記，因爲太幸福的緣故。

「我喜歡你……」無盡的酸楚中，我說。

喜歡你，所以想知道你想去的大學；喜歡你，所以想問你要搬去哪裡；喜歡你，所以不想錯過任何一絲關於你的消息。你怎麼不懂，一切只是因爲我喜歡你。

他走近我，我的頭抵靠在他硬邦邦的肩膀，顏立堯張手攬住我，好一會兒都沒說話。我眷戀著他抱我的方式，是一種心疼我的方式。只是他的保護是有期限的。

「我知道。」他在我髮間輕輕說，眞是無能爲力的說法。

能不能讓他很喜歡很喜歡我，喜歡到即使畢業也捨不得跟我分開的地步？

我想，我太過在乎顏立堯了。專注力過分偏向某一方，並不是一件好事。

當我拿到這次月考的各科考卷，鐵青著臉呆在座位上，久久不能回神。好、好悽慘的分數，而且最難看的是數學，分數直逼個位數。

奇怪，該念書的時候我還是會念書呀！問題到底出在哪裡……

放學後，對於我慘烈的分數顏立堯比往常嚴肅，他說他要負責教會我這次月考的題目。於是我們兩個人留在教室，我坐第一排，雙手拄著下巴聽課，他站在講台，拿著粉筆在黑板上細心講解那些符號般的數字。平日那個吊兒郎當的顏立堯不知到哪兒去了，他唸著那些符號的專業神情儼然是一位老師，粉筆俐落地畫呀畫呀，姿勢也太好看了吧！

「哎唷！」

我的頭被粉筆擊中，它接著彈跳到後方幾排的座位。

「喂！我教得很辛苦，妳有沒有在聽啊？」

沒想到顏立堯眼尖得很，而且出奇嚴厲。我說有，他不信，硬要我上台自己做一次題目。

我拿著粉筆面對從沒喜歡過的函數，不流暢地寫算式，他抱著雙臂在旁邊監督，等我快算完，他忽然開口。

「蘇明儀，明年就要指考了，那可不是開玩笑的，不能像月考一樣，還會有第三次、第四次。」

「……嗯。」

也不必開始訓話吧……

「所以，這是很重要的一年，在指考結束之前，我們都不要見面吧！連電話也不可以打。」

我迅速轉頭看他，他又補上一句，「我是說，除了上學時間以外，都不要見面吧！」拿著粉筆作答的手懸在半空中，我將他的話再仔細推敲一遍，「放學回家呢？」

「也不行。」

「……下下個月的流星雨？」

「那個啊，就當我沒說過吧！」

「……你說眞的？」

「眞的。」

我又把頭轉回去，看著眼前綠底白字的三角函數，有點天旋地轉，不過最後還是繼續把它做完。

帶著這道晴天霹靂回到家，我把考卷全攤在客廳桌上，對著那些血淋淋的分數陷入苦思，就連哥哥回到家也沒發覺。

直到他站在我面前，我看著他，他看著我的考卷，我才驚醒過來，想把考卷藏起來也爲時已晚了。

「這次的月考喔？」他問得尷尬。

我則尷尬一百萬倍，「嗯……」

「那，都會了嗎？」

「咦？」

「我是說，那些做錯的題目都會做了嗎？如果還不會，我……咳！我可以教妳。」

哥哥還不是很習慣親近我，但是，他跟我說話的時候，已經會盡量看著我的臉，不再別開。

「好啊！」

我隱瞞顏立堯已經教過我的事，拿出紙筆，安分地聽哥哥講解。

當他花了一個多小時教完整張考卷後，我得寸進尺地問：「哥，你這一個月晚上有沒有空？」

「幹麼？」

「幫我惡補，這一個月……我絕對要讓我的成績無話可說！」

別把我看扁了，顏立堯！

約好不見面的這一個月，比想像中難熬。即使在學校見面，頂多也只是蜻蜓點水地問候。我們常常隔著好幾個同學相望，然後一句話也沒交談。

好幾個夜晚，我抱著棉被在床上翻滾，甚至一度滾下床，還唉唉叫著一份想念的心情，「我想見你啦……」

不過一到學校，又得表現出「這點小事才難不倒我呢」的樣子，我不想太沒志氣。

大部分時候我是非常寂寞的。

有一次放學，我和湘榆路過學校停車場，發現顏立堯也在那裡。他蹲在一輛金龜車後方，身旁站著保健室的林老師。她一身專業白袍，還是掩不住風情萬種。

「車子好像壞了。」

湘榆挨到我耳畔猜測，我們一起走過去，問：「老師，怎麼了？」

我和顏立堯若有所思地相視一眼，他沒說什麼，繼續檢查車況。林老師很傷腦筋，托著鵝蛋臉的腮幫子嘆氣。

「輪胎被刺破了，我又趕著回家。」

「哇！好大的釘子！是不是有人故意的？太惡劣了。」

湘榆雖然故作路見不平，私底下卻預言過林老師美得那麼招搖，肯定會被找麻煩。

顏立堯站起身，拍拍他兩隻沾黑的手，對林老師說：「車上有沒有備胎？」

「你會換嗎？」

「大概會吧！以前幫我爸換過。」

「太好了，這種事果然還是男生比較在行，麻煩你了。」

「女生的力氣不夠大，就算想自己換輪胎可能也滿吃力的。」

他從後車廂拿出備胎和起重架，一派老練地擺好裝置，林老師看了，又是一陣嬌聲讚嘆：「你眞的很行耶！太好了，幫我一個大忙。同學，你叫什麼名字？」

「咦？老師，妳不認識我？我是顏立堯啊！我以爲每個老師都知道我了。」

「啊……這名字的確有聽其他老師提過，原來是你啊！」

他們一來一往，對話愉快融洽，我和湘榆就像空氣一樣輪流看著他們。湘榆對林老師妖嬈的舉手投足敬佩得五體投地，我則衝著顏立堯那張熱心過頭的笑臉噘起嘴，什麼嘛！笑得跟笨蛋一樣，不對，修車修得頗有架勢的顏立堯簡直帥翻了，可是，他寧願不跟我見面，卻在這裡和美女老師哈啦得很開心，這算什麼？

「走吧！」

我拉著湘榆離開，結果那兩個人連我們走了也不知道。

「氣死我了、氣死我了……」

我算著數學，同時氣憤地喃喃自語，唸著唸著彷彿有什麼魔力，那天晚上硬是撐到凌晨兩點才熄燈。愈是接近月考的晚上就愈拚命，到後來能不能和顏立堯見面再也不是我的生活重心。

下一次的月考成績出來，我在座位上瀏覽各科成績，深而長地吐出一口氣，心裡卻是飽滿到不行。

「很好！」我用力握拳。

當天放學，我站在校門口大聲喊出他的名字，「顏立堯！」

夾在人群中的他回過頭，當然也有其他人跟著回頭看，不過只有他遲疑片刻，改將書包負在身後，開始啓步朝我走來。

「什麼事？」

我揚手一丟，將考卷扔到他身上，「全部都在八十分以上！怎麼樣？這樣你就沒話說了吧！」

他拿著那些考卷觀看一遍，很是佩服，「很不錯耶！妳怎麼辦到的？」

「只要我想做，就能做得到！從小就是這樣！」

「喔？那，妳想做什麼？」

他問，帶著邪氣的微笑。

「把不能見面的鬼約定取消，然後，跟我去看流星雨。」

望著倔強的我許久，他臉上笑意壞壞地擴大了些，當他一步一步走近，我的胸口竟然酸酸澀澀起來。

「妳就爲了這種事卯起來拚命呀？」

「什麼叫做這種事？」我氣得掄起手搥他，「明知道只剩不到一年就要畢業，你還說不准見面、不准打電話！你是不是故意要提早甩開我？是不是啊？」

「哎唷！好痛……妳眞的揍我喔……」

他一面閃，我一面追，但不知道是不是準備考試太耗元氣的關係，今天竟然一下子就追不上顏立堯。我乾脆停下腳步喘氣，瞪著他調皮的背影，不知人間疾苦的傢伙，都不懂我念書念得多辛苦……

沒想到顏立堯又自動跑回來，他衝過頭，跑到我後方，然後又繞回我身邊低語，「喂，跟妳說，我果然很喜歡妳。」

我一聽，登時有了號啕大哭的衝動。

「你眞的很壞耶！」

不管是不是眞的哭出來，我再度跑上前追打他。我們在路上一前一後地追逐，改不了惡作劇天性的顏立堯毫無預警地回身打住。我嚇一跳，煞車不及，尖叫一聲便直接撞進他胸膛。

我還驚魂未定，整個人卻已經被他牢牢地擁在懷裡。呃……這裡是大馬路耶！會被別人看到啦……越過他手臂，我瞥見有幾名路人帶著興味往我們這邊看，不過大多數人並沒有那個閒暇之情，雖然這樣不妥，可是，好舒服喔……

此刻的顏立堯反倒比較像撒嬌，溫習著這個睽違多日的擁抱。「太好了，不然我原本都不知道該怎麼辦，一跟妳約定完就後悔得不得了……」

要避開路人的目光般，我躲在他暖燙的胸口，聽他話裡的相思之苦。爲他傷神好幾天，不過是一個擁抱、一句眞心話，就讓我滿懷歡喜地笑了。

愛情哪，愛情哪，是一首被思念蛀蝕得千瘡百孔的詩，我們都甘之如飴地複誦，還深深覺得幸福。

那個喜歡著顏立堯的我，曾經很幸福。

———

思念沒有什麼道理。這一刻因為想念而病入膏肓，下一秒卻因為見到你便不藥而癒。

【第九章　星星】

程硯忽然對我說，對不起。

由於他的道歉太過唐突，我止住啜泣，困惑地回望他。

炎熱的夏季似乎總有某個時刻，空氣間的騷動會驀地戛然而止，所有的聲音被天上那輪光芒完全抽空般，呈現靜謐的無風狀態。

我和程硯之間的氣氛正是那樣詭異地蔓延開來。

程硯卻不再多說什麼，他起身，淡淡催促，「要不要回去了？秦湘榆會擔心妳。」

於是，一切又被拉回到現實。我們在便利商店外頭，顧客一進出店門口，就會響起「叮咚」的鈴聲，路上車水馬龍，世界正忙碌地運轉著。月台上的顏立堯、出現在老舊手機裡的顏立堯……漸漸被遺留在很遠很遠的地方。

我隨著程硯回到同學會會場，湘榆再次自責地向我道歉，她還要我多留幾天，她要好好跟我敘敘舊。

我真的多留幾天，原以爲會滿腔激動，卻不是眞的那麼一回事。大概是被湘榆那番毫不留情的話打擊得徹底，總覺得現在無論什麼事都無所謂了，也能接受自己早在高中畢業那一年就被甩的事實。

大澈大悟後的平靜，就連自己都感到不可思議。

一個和湘榆喝下午茶的午後，湘榆心不在焉地用銀湯匙攪弄杯裡的花茶，淡粉色的透明液體繞出小小漩渦，彷彿將當年的青春氛流一起捲了進去，她在感慨中溫婉地開口。

「比起重新開始，捨棄過去要更困難得多，是不是？一個人在同一個時刻只能喜歡上一個人，記得這是我們以前講好的共識呀！明儀，妳已經度過那個時期，所以，可以再試著喜歡其他人了。」

大家都在催促著我往前走，想推我一把，將我拉離那個顏立堯曾經存在過的時光。

但是，現在的我到底在哪裡？是在不斷追尋回憶的現在？還是怎麼也回不了的過去呢？

接著，為了準備向應徵上的公司報到，我結束在老家的假期返回現在住處。也許是不放心吧！程硯特地跟我一起滯留，然後載我一道回去。

我們啓程的時間在晚上，車子開在高速公路上，偶爾能見到遠處行駛而來的高鐵列車，那發亮的窗格子平行地在夜空滑行，看著看著，它似乎載走了什麼。一道時光？一份心情？

「我有點後悔告訴妳同學會的事。」

剛降臨的夜色中，程硯輕然開口。我轉頭看他，打從同學會那天起，他沉鬱的臉色沒有好轉過。程硯是個相當有自信的人，沒有把握的事他會準備到足以應付的程度才去做，因此，這樣的人鮮少會有後悔的時候。但是這個晚上他卻說他後悔了。

「不會呀！能去一趟同學會很好，見到想見的老朋友，然後……被狠狠上了一課，而且，知道那個人還好好活著，這樣就夠了，這樣很好。」

我由衷回答，希望他不要再心存後悔了，那根本不是程硯的錯。

程硯又沉默一陣子，他老是想很多，願意講出口的卻少得可憐。

「我常常在想，善意的謊言和殘酷的眞相，人，究竟活在哪一個當下才是最好的。」

他是在說我嗎？我有點不好意思。

「沒有那麼嚴重啦！只不過是平常錯誤的認知被點醒，差不多是這樣，我不會再自作多情了。」

「……我不是那個意思。」

不然是什麼意思？他又不打算說下去了。唉！我只好面向窗外，等待下一班高鐵的亮光出現。

回到賃居的公寓已經將近晚上九點，一進門，室友Sandy一如預期地坐在客廳打電腦，桌上有一袋外食，看來被擱置好一段時間了。

「妳又忘記吃晚餐啦？」

「嗯？」她空出一秒的時間瞥了袋子一眼，又回到電腦螢幕上，「當消夜。」

我正想唸個幾句，門鈴作響，上前開門，是程硯。

他一臉打擾的抱歉，先對抬頭的Sandy禮貌頷首。

「怎麼了？」

「這個。」他遞出一支舊手機，「妳掉在車上的。」

「咦？」我檢查尚未放下的包包，拉鍊果然沒拉上。「我都沒注意到它掉出來了，不好意思啊！」

「沒關係。」

他沒有離開的打算，欲言又止的，連Sandy都好奇地放棄電腦，不動聲色打量他，最後他接著說：「那張相片，我可以幫妳想辦法從手機裡調出來，如果妳需要。」

我有點措手不及，程硯的意思是，那樣看照片比較方便嗎？他看準我一定會睹物思人嗎？到底該發窘還是生氣，我登時不知道該怎麼反應。

「什麼照片？」Sandy打破我們之間的僵局發問。

我回頭陪笑，「只是一個老朋友的照片，因爲存在舊手機裡，現在沒有設備可以把照片移出來。」

「我看看。」

我忘了Sandy也是電腦高手，她強制性地伸手，不得已，我只好把顏立堯的照片叫出來，再將手機交給她。

不料，Sandy一看到手機照片，便開始歪頭左右端詳，片刻後，她喃喃地說：「這個人……我看過他。」

她這句話令我和程硯同時掉頭看她，Sandy見過顏立堯？原來我的身邊早有人和顏立堯是有關聯的！內心深處，我無法控制地又燃起一線希望。

「妳確定妳看過他？真的嗎？」

「嗯……不會錯呀！一個很陽光的小鬼，又聰明又臭屁，整個人就像裝了金頂電池一樣靜不下來，只有在看窗外的學校時才會安靜一點。」

那是顏立堯沒錯……那肯定是顏立堯！

我喜出望外地轉向程硯，發現他臉色難看。不過現在沒空管那麼多，我湊近Sandy追問：「妳在哪裡看到他的？哪裡？」

不是想做什麼，只要確認顏立堯過得很好、很快樂，這樣就算要死心也能夠徹底了。

Sandy發現螢幕視窗有人在呼叫她，她放下手機，重新回到電腦世界去，只有嘴巴還一心二用地與我對話。

「就在我以前實習過的醫院，他是那裡的病人。」

「咦？醫……醫院……？」

那從來不會是出現在我想像中的任何一個場所，我因此錯愕結巴。

Sandy的雙手開始飛快敲起鍵盤，噠噠噠、噠噠噠，是一連串冰冷的聲音，和她不帶感情的語調相似。

「嗯！他在那裡住了一年多，曾經有一次不假外出，當時鬧很大，他爸媽快急瘋了，這病人超級不安分的，不過後來……」

Sandy說到這裡的剎那，程硯像預知到什麼，驚惶地想要上前阻止，「等一下！不要……」

可惜Sandy一向不顧人情，對她而言，顏立堯不過是一張病歷表，只不過格外印象深刻。

「他第二次不假外出的時候，聽說到隔壁學校的操場跑步，心臟病發，沒能救回來。」

原來，顏立堯是一張早在多年前就被塵封起來的病歷表。

深秋的十一月十七日當天深夜，據說獅子座流星雨會達到最大值。

我對天文沒興趣，不過，爲了不想笨頭笨腦地和顏立堯一起看流星雨，還因此向哥哥借筆電上網查資料。喔……獅子座流星雨的母彗星是一個叫坦普－坦特的彗星，每年十一月，當地球通過這個彗星所留下的塵埃帶時，地球的引力就會吸引大量彗星經過後所留下的塵埃，那就是流星雨，獅子座流星雨則是指流星雨輻射點位在獅子座內而得名。

好啦！就到這邊，再深奧一點就暫時不必了。

關上電腦視窗，我鼓起勇氣去找哥哥。他正關在房間趕報告，這幾天趕得心浮氣躁，一地的蠻牛空罐子，哥哥果然有大叔的氣質。

我敲門進去時，他充滿血絲的雙眼浮腫得厲害，滿臉沒刮的鬍渣，頗有流浪漢的味道。

「後天晚上有流星雨，我想跟朋友一起去看。」

我用同樣的話稍早就跟爸爸報備過，爸爸比較沒有警覺性，很快就答應，他八成以爲那是學校交代的天文觀測作業吧！

哥哥就比較上道，他劈頭先問：「流星雨？那不是大半夜才看的嗎？」

「對，好像是淩晨一點的時候流星數量最多……啊！不過，隔天是星期天，不用上學。」

慘了，我開始有過不了關的預感。

「一點？」他即使累到快爆肝，頭腦卻清晰得很，「那種時間高中生在外面亂晃不好吧？要去哪裡看？朋友是誰？」

「要到後山看，朋友是……顏立堯。」

一聽見顏立堯的名字，哥哥原本粗獷的臉變得更凶惡，那代表他相當有意見。打從我們兄妹關係逐漸破冰之後，他也開始克盡本分地管起我的事。

「算了吧！每年都會有流星雨，等妳滿二十歲再去也不遲。」

他又轉回去埋頭打報告。我本來有一點點想放棄，可是一聽見哥哥那麼說，忍不住抗議。

「我只能今年看！明年就要畢業，以後就算有再多的流星雨，都不可能再跟顏立堯一起看了！」

那是我最害怕的事。害怕得一直小心翼翼，不讓它輕易說出口，好像只要不說出來，就不會有實現的一天。然而，現在竟然破功了，無法挽回的預感開始波濤洶湧地翻騰。

哥哥於心不忍，最後退讓一步，「我載妳去，再載妳回來，就這樣。」

十一月十七日當晚十一點，我們確定爸爸已經睡了，哥哥才開車載我出門。到了後山，居然比市區還要熱鬧，觀星的人熱熱鬧鬧地佔據最佳地點，席地而坐，連小攤販都來了。

好幾天沒睡的哥哥一看到這麼多人寧願犧牲睡眠跑來追星，從頭到尾都老大不爽，特別是遇上早已在約定地點等待的顏立堯，臉色更臭。

「謝謝。」

顏立堯對他還是很有禮貌，謝謝哥哥特地陪我出門。

「哼！下次找白天的事情做啦！」

他丟下一句話便負氣離開，我和顏立堯相視而笑，他牽著我往比較不擁擠的草地走。

「妳哥有夠性格的。」

「謝謝。」

謝謝你不討厭我哥哥，我也很喜歡他呢！

我們在一處比較乾淨的地方坐下，附近沒有路燈，適應這片黑暗後，我就能夠把顏立堯的臉看得很清楚。他大概剛洗過澡，靠近他就會聞到清新的沐浴乳香味，劉海有點濕，幾綹貼在眉宇上，不知什麼道理，襯顯得五官輪廓更為鮮明立體，一直看著，心跳會變快。

「爲什麼今年的流星雨會是五十年一次？」我勤學地問。

「嗯？好像是某個五十年才來一次的彗星會通過，所以掉下來的流星更多。」

他不是很懂的樣子，虧我先前還那麼努力地做功課。

「我以爲你對星星也很在行。」

「我不是很喜歡星星。」

「爲什麼？」

「因爲星星會掉下來。」

「啊？」

「到目前爲止，太陽沒掉下來，月亮也沒掉下來，地球也好好的，不過，天上星星不一樣，是會掉下來的。」

「……所以呢？」

「……星星應該在天空上呀！」

他想了好一會兒，聽來有些隨便地給我那個稚氣理由，偏偏那個理由又可愛得叫人無法指責他半句。

這時，不遠處有人發出不小的驚呼，原來有特別閃亮的大流星出現了！我和顏立堯才剛朝夜空觀望，馬上又來了第三顆、第四顆，星星的墜落止不住，一顆接著一顆劃過天際。

這片小後山到處都是興奮的呼聲，取代原本吃零食和聊天的吵雜，我和顏立堯也忘了繼續交談，就守著閃閃爍爍的夜空出神凝望，熊熊燃燒的星體如雨般殞落，落入心底，這份感動，好灼燙。

「好漂亮……」

「嗯……」

我們不敢大聲說話，深怕破壞這場美景，原本只是指尖碰著指尖的兩隻手，不知不覺已經輕輕牽了起來，除了手指溫度，還有痛痛的感覺。這是我們唯一一次也是最後一次一起觀賞的流星雨，五十年後，陪在顏立堯身邊的人就不一定是我了吧！

「有的星星距離地球非常、非常、非常遙遠，甚至距離好幾萬光年以上喔！」

一旁有位感覺像老師的爸爸正對他帶來的小孩解釋天文知識，還特地強調星星的遙遠，我和顏立堯順勢豎起耳朵，偷聽他們的對話。

「光年是什麼？」

「是一種距離的單位，也就是光跑一年的距離，相當於九兆四千六百億公里喔！」

「九兆？哇塞！太長了吧！」

「因爲宇宙太大了嘛！現在看到的星星，有的距離地球太遙遠，遙遠得沒辦法想像。

我們看見的亮光是從好幾萬年前發出的，所以現在天上的星星有可能已經死去了。」

「咦？所以我們現在看到的亮光，是好幾萬年以前星星還活著的時候發出的囉？」

「是啊！就是那樣。」

「喔……」

小男孩面向天空，半信半疑的，我想他還不是很能明白這道邏輯。

再次瞧瞧那些安穩掛在夜幕中閃爍的星子，我也沒辦法想像那些光芒有可能早就死去了。

身旁的顏立堯變得更沉默，看著那些他不喜歡的星星，讓他心事重重。

「怎麼了？」我問。

「沒事啊！」他一貫地笑。

「還是，你在向流星許願？」

「許願？」他有些叛逆地反問：「妳不覺得……星星本身就是代表永遠也沒辦法實現的願望嗎？」

我剛剛真的有認眞許願呢！我希望能夠一直和顏立堯在一起。

「才不是。」爲了反駁而反駁，我故意說：「星星代表的是，過世的人們。」

「啊？」

「一般不都那麼說嗎？小時候我親戚也跟我說過，說媽媽變成天上的星星了。」

「妳相信啊？」

「不相信，長大了更不相信。不過呢……」我雙手撐著臉頰，專心注視璀璨的星空，「有的時候會不由自主地看星星，然後不由自主地在心裡對它說話，又不由自主地希望能夠聽見回答。」

「妳問了什麼？」

問了什麼？只是一個千篇一律的問題，從小問到大但從沒得到答案的問題。媽媽，妳……

「……妳……會喜歡我嗎？」

不妙，突然想哭了。我用力吸鼻子，硬是把猛地爆發出來的酸意壓回去。

「哈！好笨的問題喔！」

「妳眞是傻孩子耶……」

顏立堯的額頭靠近我，柔柔地叩了我的額頭一下。一分鐘過去，他沒有離開，我也是，我們就這樣靜靜靠著彼此的體溫。

儘管顏立堯嘴上沒說，但我感覺得出來，他想代替無緣和我見面的媽媽照顧我。叮囑我要多穿件衣服的時候、把差點被機車擦撞到的我拉回來的時候、吃東西總會多分一些給我的時候，或是什麼話都不說，安靜用手指一遍遍梳理我的頭髮的時候……

「蘇明儀，我很喜歡妳，這個不必問星星，妳應該要知道。」

「呵呵！我爲什麼要問星星呀？」

他沒有回答那個問題，兀自坦白著自己的心事，「我原本很害怕再去喜歡一個人，因爲那是一件幸福的事，只是置身幸福的時候老覺得它不能長久，所以總是很緊張。不過，現在我很慶幸遇見妳、喜歡妳、和妳在一起。我有很多祕密，妳卻二話不說地接受那個畢業就分手的約定，也從沒過問我和前女友分手的原因。這一點，我很感謝妳，眞的很感謝妳。」

「你爲什麼要跟我說這個？」我問，因爲開始侷促不安。

「妳聽我說，只要聽我說。我和前女友分手的時候，妳聽見了吧？她說我自私。事實上她並沒有說錯，我眞的很自私，我希望當她重新認識眞正的我之後，還能繼續接受我。很理所當然對不對？可是這樣的想法是自私的，因爲人有選擇的權利，所以她選擇離開說出眞相的我。如果我們一直交往下去，妳遲早會發現眞實的我是怎麼樣的人，那個時候肯定會比我們分手還要難過。我和妳分手的約定是爲了妳好，妳只要知道這樣就夠了。」

我懵懂地聽，禁不住淚眼汪汪，「分手……怎麼會是爲我好？才不可能……」

「我喜歡妳，眞的好喜歡妳，蘇明儀，妳要永遠記得這件事，這是我的眞心話。」

他的手捧著我的臉龐，第一次有男生用那種方式觸碰我，整個人被他小心地收藏在心裡。他深深親吻我的時候，夜空中所有的星星全都掉入他的眼眸，溫柔燦爛。

人類短暫的一生中，並沒有「永遠」，為此，我非常珍惜和顏立堯共處的時光，非常珍惜，即使到最後還是什麼都失去了，只有當時心情滿載到不能再多負荷一點的那一刻，還在回憶中，留著餘溫。

時間巨輪不停向前滾動，將秋天轉成冬天，又將冬天轉到春天，不論時序如何變換，高三生涯幾乎都在忙碌的課業中度過。偶爾忙裡偷閒和湘榆去逛逛街，又和顏立堯看看電影，平凡的日子就這麼一路來到五月。

我仍然不曉得顏立堯想考哪間大學，只能全憑自己猜臆，他功課那麼好，想念的一定是名校，所以我必須要更努力才行，也許將來眞的能和他進同一所學校。

在顏立堯面前我表現得一如往常，事實上，心情愈來愈恐慌。我沒有顏立堯所想的那麼堅強，如果可以，我希望他在畢業前能夠主動對我說，我看我們不要分手了，就繼續在一起吧！

不過，顏立堯似乎沒那個意思。

「也許他想留到畢業典禮那天才說？那樣比較浪漫嘛！」

湘榆分我吃她帶來的韓國魷魚絲，她性感的嘴裡嚼著那些褐色食物，實在不怎麼有說服力。

「我寧可不要浪漫，只要他早點取消那個爛約定就好。」

我一邊埋怨，手還一邊伸進袋子抓魷魚絲，我想在湘榆眼中我也不怎麼有說服力。

然而，愈接近畢業，我的淚腺就愈暴走，常常一想到沒有顏立堯的生活便立刻濕了眼眶。

有個下午，班上女生氣急敗壞地跑來，「明儀！顏立堯跟程硯在打架……在、在籃球場……」

我大吃一驚！那兩個人怎麼可能會打架？想不通，不過我還是匆匆趕去籃球場，湘榆則攔住想一起跟來的女同學，要她別多管閒事。

等我一股作氣跑到籃球場，顏立堯和程硯果然在那裡，還有一些學生留在原地看熱鬧。爭執大概剛結束，我沒見到他們動手，他們只是坐在草地上喘氣。

「顏立堯，你們在做什麼……」

我來到他們面前，顏立堯看也不看我，拍拍褲子站起來。

「在溝通啦！」

他一派沒事地走了，程硯還坐在地上，他的頭髮和制服都變得凌亂，看了好不習慣。

我覺得不能丟下他不管。

「你還好吧？」我蹲下去，暗暗觀察他有沒有哪裡受傷，「顏立堯惹你是不是？」

他也沒看我，原本俊秀的臉上沾了些泥土和挨揍的痕跡，他舉手隨便擦了擦：「……是我先動手的。」

什麼？我更說不出話了，那個又成熟又冷靜的程硯怎麼會先動手？

「顏立堯做了什麼不好的事嗎？」

如果是，那我代他向你道歉。

「沒有什麼好不好的事，我只是生氣。」

「咦？」

「妳放心，我們沒有打很久，他沒事。」

「可是你有點流血，還是去處理一下比較好。」

我掏出口袋的面紙，要弄掉他臉上的泥土和血跡，短暫的幾秒鐘內我的手難免會碰到程硯臉頰，那是我第一次接觸到他，輕微的觸碰引起他注意，他稍稍抽身，視線停留在我臉上，然後靜止了。

「不要動。」

雖然那樣要求他，其實緊張的人是我。他的黑色眸子深不見底，卻清明澄淨，他很少會一直盯著別人看，為什麼現在會那樣眨也不眨地看著我？我臉上有什麼嗎？剛才碰到程硯的指尖熱熱的呢！神經，人活著本來就會有體溫，即使是程硯，也有暖和的溫度。哎呀！幫忙擦拭的手顯得好笨喔！等一下該怎麼停下來呀？早知道就直接帶他去保健室，讓美女老師幫他處理……

「聽說那傢伙和妳做了約定，約定畢業後要分手。」

我手一震，掉了面紙，頓覺惶恓，顏立堯跟程硯提過這件事，所以他是認真的了……

「就算妳說話不算話，也不用覺得丟臉，一開始莫名其妙的人是他。」

他是在給我建議嗎？剛正不阿的程硯要我說話不算話，聽上去有點意氣用事。然後，程硯向我簡單道謝，也逕自離開了。

事後再向顏立堯問起他們打架的事，他倒是泰然自若，「再好的朋友也有意見不合的時候，妳放心，我們已經沒事了。」

果然，過幾天，又見到顏立堯和程硯一道上學的身影，男生和好的速度真快。

他們和好的那一天放學，我和顏立堯在麥當勞溫習功課，他中途到樓下加點咖啡，我還在努力解題，好不容易算出答案，我習慣性地轉向旁邊。

「喂，你……」

旁邊的座位沒有人。

我怔怔地面對那個空位。誰能告訴我，見不到顏立堯的日子……會是怎麼樣的世界呢？

畢業典禮在六月初舉行，爸爸和哥哥都來參加。湘榆見到哥哥出現，欣喜之情藏也藏不住，那天的她格外美麗。

顏立堯的媽媽哭得稀里嘩啦，眞是性情中人。這樣的表現吸引不少人側目，連湘榆都悄悄跟我耳語，「會不會太誇張啦？」

然而我也沒好到哪兒去，因爲陷在無以宣洩的傷楚中，一整天都非常拚命地忍住哭泣。再怎麼不願意，這一天終究還是來到了。想起程硯要我說話不算話，雖然他沒有明講，卻給我一份無形的鼓勵和一道直覺，只要我開口，顏立堯就會爲我留下。

「蘇明儀，等一下可以留下來嗎？」典禮散場後，顏立堯主動過來找我。

我沒有詢問原因。一決勝負的時刻到了！他是要跟我提分手，還是悔約呢？那麼，我先反悔，可以吧……？

我向爸爸和哥哥道別，便到籃球場找他。無人的籃球場，只有幾座怪物般的球架，和一顆被遺忘的橘色籃球。顏立堯走向圍牆，拾起那顆球，發現我來了，逐漸炎熱起來的陽光滿滿地灑在他身上，而他衝著我咧開的笑容居然毫不遜色。

啊……又來了，胸口又開始刺刺的痛。

「恭喜我們畢業囉！有沒有什麼畢業感言？」

不要走。

「……還要回學校準備考試，沒有特別的感言。」

對，就算畢業典禮過去，我們還要準備指考，這樣，是不是可以把分手的約定延後？

顏立堯開始玩起那顆籃球，將它在掌心往上丟幾回，便揚手投向籃框，進籃。

「我倒是有很多想說的，妳要不要聽？」

他撿起滾來的球，側頭問我。才不要。

見我緊閉著嘴，他將球丟向我，我竟本能接住。

「我好想現在就看看蘇明儀將來會變成怎麼樣的大人，一定是個很棒的女人吧！」

「那當然。你這算什麼畢業感言？」

我使勁將球扔回去，他單手接住，笑嘻嘻的。「好可惜，雖然我能夠想像未來的妳，卻沒辦法預知幾年後的我，一想到這裡就覺得好不甘心，對於未成年這件事，很不甘心。我啊，超想現在就變成大人，然後對妳說，我們一起走吧！」

我深吸一口氣，心臟好像快衝出來了。

「……你這是在求婚嗎？」

「哈哈！怎麼可能。現在的我什麼都沒有，沒有財產，沒有房子，沒有車子，沒有工作，沒有投票權，沒有……時間。」

可是那一瞬間，我想我真的會答應。好啊！我跟你走。

「爲什麼沒有時間？」

他瞄準籃框，跳投，沒進籃，球再次滾來，這回他沒有撿拾的打算，讓球從腳邊經過，雲淡風輕地告訴我接下來他會在哪裡。

「後天我就要走了，搭北上的火車離開這裡。」

「咦？」

「不是說過我要搬家嗎？其實家當幾乎都已經搬過去，只差人沒過去而已，我特地求我爸媽讓我延到畢業典禮後再走。」他對著瞠目結舌的我問道，「妳要來送我嗎？」

啊……不是早就做好心理準備了嗎？一次又一次爲自己洗腦，顏立堯總有一天會離開的。原來假想和實際面對的落差會是這麼大呀……

「你要我去送你嗎？」

「當然，妳一定要來，對我說，顏立堯，再見啦！這麼一來，我就會知道妳很堅強，離開車站之後妳會繼續用功拚指考，考上妳想上的學校，然後和很多新朋友喝茶逛街，快樂得……好像跟我道別也不是什麼大不了的事。」他定定地望住我，「妳做得到嗎？」

「……不要小看我。」

我沒辦法……沒辦法說話不算話了。不是覺得丟臉，而是不想讓他對我失望，這份骨氣會不會來得太無聊呀？

狠狠壓下內心翻湧的酸楚，我彎腰拿起籃球，跑步運球繞過他，跳投！從框架邊緣射出的金光開始有了夏天的亮度，那煦暖的溫度足夠把我快要奪眶而出的淚水曬乾吧！

目睹我俐落進籃的身手，顏立堯輕吹一聲口哨，笑意散得更大，「妳真的是在意想不到的事情上很強呢！」

我拿起球，加了點力道扔向他，「你想不到的事情多著呢！再過一兩年，我會變得更漂亮，交一大堆男朋友，每年生日都吃草莓蛋糕慶生，我決定要慶生了！因爲，對於出生在世界上這件事……很幸福，能夠遇見你……」

很幸福。

原本魄力十足的聲音，卻變得怪腔怪調，到最後幾乎也講不出話來，而我還固執地堅守最後一道防線，不讓自己在他面前掉眼淚，一見到我的眼淚他就會對我放心不下了嘛！

我想，我正在向顏立堯道別，只是「再見」兩個字太殘酷，我們之中沒有人願意先說出口。

顏立堯端著我丟去的球，靜靜凝視我，他嘴角上始終沒離開過的微笑還在，只是多分遺憾。我和他平視，相隔一個球架的距離高聲對他說：「所以，你也要答應我！離開這裡之後，你會像現在一樣，每天都笑得很開心，不用想自不自私、眞不眞實的問題，對我來說，顏立堯就是顏立堯，是我最喜歡的人。說無聊的笑話也好，做白痴的事也好，在你身邊的人無論是誰都好，每天……每天都覺得自己是全世界最幸運的人……你做得到嗎？」

他依舊不發一語，原本在那抹笑意中的遺憾又不見了，他柔和注視我一會兒。

「……我喜歡妳。」

那句話，宛如一道猛烈的力量，把情緒閥門扭開。又幸福又悲傷的洪流一下子泛上眼眶，我雙手緊緊掩住嘴，淚水涔涔飆落，討厭，他還是讓我失控了。

我喜歡你，真的好喜歡你……這是一句即使說了一百萬次、一千萬次，還深深唯恐對方不知道的話語。

然而這一刻，他在寂靜的籃球場中央說出這句話的真心真意……竟然如此清晰地傳達到我這裡。

不是我的錯覺，打從顏立堯告訴我他要搬家的那天起，他就說了好多個「我喜歡妳」，要把一輩子的分說完一樣，我想這一次……應該就是最後一次了。

顏立堯忽然啓步，單手漂亮地運球，他奔向我，籃球在空曠的水泥地彈跳的聲響一拍接著一拍，分離的倒數正朝我逼近。

顏立堯使勁往下一拍，球彈得好高好高，這一次他放開手，不去接捧長出翅膀的籃球。他的手緊緊抱住我，緊緊地……抱住我。

心臟好痛……

這溫暖、這份安全感、這熟悉的臂膀……都隨著高飛的籃球，再見了……

顏立堯獨自搭車北上的日子，風和日麗，氣溫三十四度C，稍微熱了些。

他的家人昨天就先離開了，大概是爲了讓他好好面對同學的送別。

顏立堯人緣特好的緣故，導師允許班上同學來車站送他，帶著大家合資的禮物和一張大卡片。

顏立堯顯得非常興奮，就像要去遠足的孩子，照常和同學說笑嬉鬧。我躲在角落，忙著接收湘榆遞來的面紙，湘榆受不了，索性拉扯我兩邊臉頰。

「好了啦！不要哭！醜死了！這樣要怎麼送男朋友？」

「不行……我一看到他就……」

「不、要、再、哭了！給我停！」

湘榆氣急敗壞地命令我，這時，顏立堯叫喚我的聲音越過眾人，撲向我耳畔。

「蘇明儀！」

我從一堆捏皺的面紙中抬頭，他張揚一下幫我買好的月台票，「陪我過去吧！」

我和顏立堯通過驗票口之前，他特地停下來看了看不改寡言本色的程硯。

程硯昨天向學校請假，聽說他一整天都和顏立堯在一起。或許該說的話都已經說過，所以顏立堯只是舉起右手拳頭，笑著交代，「那，就拜託你了。」

「管好你自己就好。」

他無視顏立堯的拜託，同樣舉起右手拳頭，和他輕輕碰撞一下。

男生的友誼總在心照不宣的時刻才揮灑得淋漓盡致，那是我怎麼樣也做不到的事。

當我和顏立堯走過一個地下道，來到另一邊月台，方才哭花的臉已經差不多恢復原來的模樣。在這個月台等車的人不多，顏立堯看著車票上註明的車廂號碼，碎碎唸道：「這麼後面啊。」

我跟著他的腳步走，他穿得和平日一樣輕便隨性，也沒有行李，只有身上斜背的一個包包，看上去像是出門玩一趟，不久就會再回來。大概是這個錯覺，使我平靜不少。

「啊！差點踩到。」

我走到一半停住，把腳移開一些，月台上有一隻死掉的蟬。

顏立堯走過來把牠撿起，反覆端詳，「這不是死掉的蟬，是殼。」

「我看看。」我湊過去，但不敢看得太仔細，那殼也未免過於栩栩如生了吧。「這裡怎麼會有蟬的殼？」

「誰知道，也許牠一邊飛一邊脫殼，嘿嘿！」

「亂講，電視上的蟬都是停在樹上脫殼的。」

「一定是牠等不及想脫胎換骨了。」

「……太熱的關係嗎？」

我跟著胡猜，下意識抬起眼，他剛巧也做了相同的動作，我們的臉很靠近，乍看之下是快要接吻的距離。

明明已經打算笑著送他走，現在，他的氣息卻令我開始依依不捨。

顏立堯先抽開身，笑一笑，「夏天快到啦！」

為什麼重要的分別時刻，我們還在討論蟬的事呢？

也許是想對道別這件事避重就輕吧！

我們所站立的月台並沒有遮陽棚，太陽辣辣地照在我們身上，灼熱起來的肌膚漸漸有刺痛的感覺。每年的夏天都會是這樣吧！不同的是，往後的夏天就不再有顏立堯了。

才這麼想，自強號列車已經駛入月台，高速所帶起的風刷過他寬鬆的T恤以及我又稍微變長的頭髮。周遭開始活動起來，乘客紛紛趕著上車，好奇怪，愈是到最後，話反而變少。

「那個……」我覺得不能讓我的沉默拖住他的腳步，「你再不上車會來不及喔！」

他朝鈴聲大作的廣播器瞧一瞧，這才啓步走上火車，我站在月台邊緣等他向我道別。

當他轉過身來，帶著難以言喻的微笑。

「偶爾看看星星吧！我覺得我很像，很像星星。」

「咦？」

「交往前，我不是問過妳關於一場註定會輸的比賽嗎？」

「嗯！」我用力點頭，希望他講快一點，因爲車門正在蠢蠢欲動，夾到他怎麼辦？

「我錯了，和妳在一起……並不是一場會輸的比賽，是我贏了！」他充滿活力地伸直手，比出「YA」大聲宣示他的勝利：「Victory!」

車門「唰」地關上。我的視線緊跟著車廂中顏立堯的身影移動。他找到他的座位，卸下包包，卻沒有馬上坐下。等我近前來，他才伸出手，貼在車窗上。我也伸出手，讓自己的手掌隔著玻璃覆上他的手，互相笑一笑。

月台上的車掌發現我過於靠近列車，驚天動地地吹起哨子！不得已，我放開手，退後兩步，列車便緩緩開動，車上顏立堯還沒有放開手，他維持原來的姿勢牢牢望住底下的我。猶如被他深情的注視所牽引，我的雙腳不自覺隨著車子移動，走著走著，又變成跑。

國三運動會奔跑的顏立堯、高一失戀後仰望天空的顏立堯、高二在鐘樓下冷不防親我的顏立堯、高三說了好多次喜歡我的顏立堯……

「顏……」

終於，不亞於今日高溫的滾燙淚水，隨著滿溢的回憶奪眶而出。

我想，顏立堯就跟那隻脫掉笨重外殼的蟬一樣，振翅高飛是爲了將來的脫胎換骨，有一天，有一天我會在某個城市再遇見煥然一新的他，而他不再是未成年了。

「Victory!」

我舉高手，用盡全身力氣大喊！

不論他有沒有聽到，然而車上的顏立堯一定看見我還是哭出來的面容，還有承載滿滿勇氣的勝利手勢。他原本想對我笑一笑，卻沒能成功，只是一直看著我，不曾轉移片刻，然後，透明的光也泛上他眼眸，就在我踉蹌的腳步再也追不上加快的列車之際，眼淚便掉在他臉上。

我在月台盡頭停住，最後，北上的列車載走了埋首車窗的顏立堯。

最後，曾經絢爛得彷彿永遠不會褪色的夏季化作淚水，淚水又成爲回憶。

最後，顏立堯從我們的生命中、從疼愛他的家人、從最要好的程硯、從我的生命中，消失了。

——你說星星代表不會實現的願望。儘管如此，我還是常常看著它祈禱，因為像人類這麼脆弱的生物，沒有夢想還是活不下去的吧？

【第十章　真相】

不知道爲什麼，Sandy的話一出口，記憶中那個總是嘻皮笑臉的顏立堯竟像幾個月前所做的夢，褪色了。

我看著面無表情的Sandy，提起我們都不知情的顏立堯的她和她的聲音，眞實感稀薄得好孱弱。

「沒能救回來……？」

我沒有勇氣問得太明白，只是重複她最後的話。Sandy小小的幹練的眼珠子溜向一旁萬念俱灰的程硯一眼，聳聳肩，有何不可地說下去。

「適度的運動還可以，像是游泳、打羽球，過於激烈的就不行。有心臟病的人還故意去跑操場，狂跑個五六圈，身體鐵定沒辦法負荷的嘛！」

Sandy說，顏立堯是屬於那種長大後才被發現心臟有所缺陷的人，醫生預估以他心臟衰弱的速度來看，活不過二十歲。因此他高中畢業後就去住院，動了第三次心臟手術，然後十九歲即將結束那年第一次不假外出，那次外出遇上了高中時代的女同學。

說到這裡，Sandy停一停，要看看我是不是還能聽得下去。

坦白說，打從剛剛開始我的手腳就不由自主地顫抖，就算想停下來，也無法好好控制自己的身體，我想某一部分的我還不能相信Sandy所描述的那個人就是顏立堯吧！

她還說顏立堯第二次不假外出，就是溜去醫院隔壁的一所國小，在操場上做了被禁止已久的運動——他日思夜想的跑步。

「其實他每一次的心臟手術都很危險，進得去，不一定出得來的那種，說句現實話，就算他沒死於那次跑步，也可能是在手術台上吧！」

我發軟的雙腳再也支撐不住，整個人跌坐在地。

「夠了。」

程硯輕聲制止Sandy，走上前，想要攙我起來，但他的手才碰到我，我立刻受驚地甩開。

他被我的舉動嚇一跳，我也是，驚嚇之餘，我用僅存的力氣木然問他，「你早就知道了？顏立堯的病，還有他已經過世的事，你早就知道了，是不是？」

「是，我早就知道了。」

程硯沒有否認……他為什麼不否認？

「什麼時候知道的？我們念研究所的時候？大學的時候？」

我希望他仍是我所相信的程硯，他卻萬分抱歉地開口。

「……第一時間就知道了。」

他的意思是，顏立堯發病的那年國三、顏立堯過世的十九歲……他在那個時候就知情了？

就在我尋找顏立堯找得毫無頭緒、心灰意冷的時候，就在我每每為思念所苦而無助哭泣的時候。那些難熬的時刻裡，程硯其實早就知道我的所有努力都是徒勞無功的。

「騙子！」

憤怒混融著傷心的情緒爆發開來，隨著我的手重重落在程硯臉上！

Sandy瞪大眼，對於她一向溫溫吞吞的室友出現如此激動的反應相當意外。程硯就不同了，他彷彿預測到我這巴掌，動也不動地承受，簡直就像等待這一刻已有好長一段時間，如今終於能夠如釋重負。

他的坦然寬廣如海，一波接著一波打到了我這邊。我長久下來的等待與希望碎成浪，一落下便什麼都沒有了。

我痛哭失聲，哭得不知該怎麼辦才好，覺得怎麼也不能待在同樣認識顏立堯的Sandy和程硯之間，因此奪門而出。

我並沒有跑得太遠，在附近的公園逗留下來。

無人的鞦韆看上去好孤單，這是設計給小孩子坐的，我坐上去就顯得雙腳過長，除非退後，再盪下，又盪回來，在這樣的擺盪中兩隻腳才有舒展的空間。

五月的晚風還算清涼，在我每一次升高又降下的落差中擦拂著淚濕的臉龐，竟也有著神奇的鎮靜作用，亂糟糟的腦袋漸漸理出一片得以喘息的空白，我在恍惚中觸見葉縫間的小小亮光。

這裡是大城市中的小公園，附近光害不少，即便如此，還是能見到天空一兩顆格外耀眼的星子。顏立堯曾經要我看看星星，他說他很像星星。

他知道他沒辦法跟我一樣，一直長大，然後老去，現在，我已經二十四歲，他仍舊停留在十九歲。顏立堯過世的年紀的確是在他討厭的未成年。

他說星星是無法實現的願望，他在十八歲生日那天一口氣用掉三個願望許下同一件事，他許了什麼願？活下去嗎？蒙古大夫診療錯誤，其實心臟一點問題也沒有。如果是顏立堯，他應該會在心裡這麼淘氣地唸唸有詞吧！

我輕輕彎起嘴角，將頭輕輕靠著鞦韆鐵鍊，感到一滴淚輕輕在那裡墜落。

經過歲月漫長的拖延，我們輕輕地……失去了顏立堯。

有腳步聲接近，我看見程硯從樹下的陰影走出來。他的來到像這襲五月的風，寧靜溫柔。

他走到我面前，我用雙腳停住鞦韆。爲了遷就我的高度，他蹲下，誠懇地面對我。

「他不要我說，那傢伙……怎麼樣也不肯讓我說……」

顏立堯丟下我們，讓我們不得不隨著時間長大，來到他永遠也到達不了的二十四歲。這段期間程硯是怎麼獨自支撐這場謊言、他有多少次對我欲言又止、他曾經在大二的那年深秋什麼原因都不給地無聲哭泣……

我伸出手，撫著他挨了一巴掌的臉龐，才碰到他，再次淚如雨下。

「對不起……眞的對不起……」

程硯抓住我的手，我從鞦韆上滑落，抱住他脖子，他的手也在微微發抖，深沉的悲傷從他那裡傳過來，如此眞實，我們的碰觸是疼痛的，失去，是痛的。

「他眞的不在了……對不對？」

我問，程硯什麼也不說，只是牢牢環住我。

我們都是被顏立堯遺留下來的人，早在好久好久以前便是了。只是任性的他和溫柔的程硯聯手起來，爲我打造他還在世界某個地方活著的假象。

我伏在程硯的肩膀號啕大哭，爲了我親愛的初戀情人而哭，只是遲了幾年。

人們總是在揭發眞相後，才開始後悔，後悔爲什麼自己不能一直被騙呢？

「有封信，阿堯說要給妳，在保健室。」

龐然的絕望中，程硯乾澀的嗓音渺小得幾乎聽不見。後來，我逐漸會意，稍稍抬高眼睛，我看見天邊的星子或許早已死去，卻穿越幾萬光年，在我們的世界開始……閃亮。

✧

指考放榜了。我很爭氣地考上第一志願，學校在北部，剛巧和程硯同一間。

湘榆的成績一向沒有我好，不過她也跌破大家眼鏡，考上跟哥哥同一所大學，那也是一所頗受好評的學校。

確定考上那天，她特地帶著成績單到我家炫耀。

「嘿！大叔！我要變成你學妹囉！」

哥哥的一位男性同學也在我家，正和我哥用電動廝殺，他一見到貌美的湘榆，立刻從電視火爆的畫面分了心，用手肘撞撞哥哥：

「喂！什麼學妹？介紹一下嘛！」

「我妹同學啦！今年很見鬼地考上我們學校。」

「什麼見鬼！」湘榆把成績單捲成筒狀朝他頭部揮去，「明明是靠我的實力。哼！你是不是見不得別人好呀？」

湘榆那麼挖苦哥哥，是因爲他得延畢一年，有一堂必修科目缺席太多，被二一了。她倒是大剌剌地喜形於色，誰都看得出她的好心情！

「誰說我現在不好？老子現在他媽的好到一個不行。」

還在認眞打電動的哥哥看起來眞的一點也不介意被二一，樂觀到一個詭異的地步。哥哥的同學眼巴巴盯著湘榆，殷切邀請，「學妹，我們學校很大，找個時間帶妳去參觀一下。」

湘榆投給他一記「誰是你學妹」的目光，冷冷回絕，「不用了，我去過一兩次。」

那一兩次是從前湘榆趁假日死拖活拉地要哥哥帶她去而成行的，因此哥哥乖乖打電動裝傻，我則想找些題外話來緩衝，誰知湘榆才不管那人死活，拉著我就往房間走。

「明儀，我有事跟妳說。」

平常，面對不感興趣的人，湘榆多少也會顧及形象地和人家哈啦一下才婉拒，不過要是有哥哥在場，任何人她都不放在眼裡了。

一進房間，湘榆劈頭就問起顏立堯的下落。「他都沒跟妳聯絡嗎？」

我搖頭，試著想開一點，「都說分手了，還聯絡什麼？」

「我跟妳說，我幾乎問過班上所有的人，可是沒人知道顏立堯搬去哪裡耶！」她一臉不可置信，「地址啦，電話啦，這些完全沒有留下來，有必要做到這麼神祕嗎？」

湘榆做的事，我也做過，但結果都相同。自顏立堯從那個月台消失，就再也沒有人知道他去了哪裡。

湘榆在我身邊坐下，窺探失望的我，小聲問：「程硯呢？妳問過程硯嗎？」

「……他說他不知道。」

「眞的假的？他跟顏立堯那麼要好，怎麼可能不知道！」

我思索一會兒，才堅定地告訴湘榆，「他說不知道，不像是騙人。」

聽我這麼挺他，湘榆這才不再有意見。

就這樣，在不斷打聽顏立堯的下落中，我準備啓程北上。

大行李前天就托運上去了，哥哥開車送我到車站，我們一路沉默，這使我想起當初送顏立堯去月台，我們的話也不多，後來還討論起「蟬」這麼無關緊要的事。

我不太願意離開家鄉，如此一來，顏立堯就會顯得更杳無音信。

「到了就打通電話回來。」

下車時，哥哥從車裡交代。爸爸幫我買了一支新手機做爲上大學的禮物。

「好。」

我有點放不開的彆扭，想要說些「不用擔心我」之類的話，卻只是矜持地欲走還留。

他將行李袋交給我之後，並沒有準備開車，還想再嘮叨什麼，不過我等半天也沒等到他開口。

「那，我走囉？」

當我提著行李正要轉身，哥哥又急忙出聲。

「總之，有什麼事就打電話回家。」

什麼總之啊！登時我想發笑，只是最後「家」那個字所帶起的後勁竟在鼻頭發酵開來，哎呀！討厭啦！

「嗯！我知道。」

我點了頭，就快速把門關上。隔著一層隔熱貼的玻璃，哥哥應該不至於看見我紅紅的眼睛吧！

這是我第一次離鄉背井，即將要在陌生的城市展開外宿生活。坐上北上火車，望著窗外再熟悉不過的街景一幕幕經過眼前，也一幕幕地被拋在後方，真的，好捨不得呀……

顏立堯坐在車上的心情也是這樣嗎？看著底下跟著火車跑的我，會不會也曾想過乾脆心一橫，跳車算了？

我深吸一口氣，按捺住離情依依，將視線從窗景移開，順便對自己精神喊話，蘇明儀，要獨立一點啊！不過才觸見旁邊沒人坐的空位，一瞬間，便見到顏立堯出現在開往九族文化村的巴士上，爽朗地向我微笑，這時陽光穿透雲層灑進車廂，他的影像便隱沒在白花花的光線中。

旁邊的空位提醒著我的孤單，即將踏進多采多姿的大學生活的我，是孤單的。

大一新生的住校率高，我的寢室就住滿四個人，其中兩位室友跟我同系。大家變得比較熟稔之後，開始探問彼此的八卦。這個就叫我很頭痛。

「明儀，妳有交男朋友喔？現在呢？」

「分啦？喔——他劈腿對不對？」

「不是呀？那爲什麼要分手？」

直到有人問起，我才驚覺到原來我和顏立堯之間的事這麼難以解釋。爲什麼顏立堯非要跟我分手？爲什麼他一點聯絡方式都沒留下？爲什麼我眞的這麼聽話，什麼都不問呢？

好多得不到解答的爲什麼，我詞窮得難以招架。在找不到更好的脫困方法之前，我索性一律這麼說：我被甩了。這樣，差不多一半的人都會閉嘴。

有一次怎麼也推不了的聯誼，選在學校附近一家簡餐餐廳聚餐，不消多久氣氛就炒熱起來，有個左耳打了耳洞的男生親切地問：「妳的話好少，心情不好是不是？」

我定睛看他，他有近似顏立堯明亮的笑臉，還有關心別人時就會變得低沉一些的嗓音。

室友兼同學挺身幫我作答，「她被男朋友甩了。」

然而這對那一票男生而言好像也不算壞消息，絲毫感受不到同情地安慰我。

其實，聽見同學那麼幫我搶答，好像有把大槌子重重朝我胸口敲擊下去。

我這算被顏立堯甩了嗎？會不會事實就是如此，只是我比較笨，還沒有辦法開竅？

後來我藉口說頭痛，不和他們去唱歌續攤，獨自走路回宿舍。才走到紅綠燈路口，剛剛那個耳洞男生就騎著他新買的機車來到我旁邊。

「嗨！我載妳回去吧？」

我側頭，對於他體貼的行徑微微訝異，「不用了，很近，謝謝你。」

「這可是聯誼耶！讓女生自己一個人回去，多可憐。」

他居然想到這麼細節的點去！我忍不住莞爾，逗我發笑他也頗爲得意。

總覺得……如果是顏立堯，他應該也會理直氣壯地講出這種跳tone的話吧！

一想到這裡，這個耳洞男生便不再那麼陌生。

我想盡辦法向周遭的人打聽顏立堯有沒有來念這所學校，甚至還跑去沒有選修的通識課詢問外系的人。

巧的是，通識課程硯和我都選修日文，我們一個星期有兩天會見到面。沒有顏立堯這枚大光環在身旁，人們這才注意到程硯的耀眼。注意到他的大多是女生，三不五時向我索取他的個人資料。

有一次我斗膽問起他的興趣，他正在查日文字典，一抬頭，冷峻的目光瞬間就把我凍住。

「興趣是很私人的東西，妳問這個也沒什麼用處。」

吃了那次不寒而慄的閉門羹後，我打死也不幫忙問他的事情了。

一次假日返家，湘榆約了我見面，她從包包掏出花樣甜美的記事本，遞給我看。

「這是我從我們班同學那裡打聽到的，他們念的大學是這幾間，確定沒有顏立堯這個人。」

記事本寫了六所大學的名字，加上我和湘榆這兩間，一共有八所學校已經被排除，希望……愈來愈渺茫了啊……

我掩不住落寞，湘榆端詳我半晌，提出她忍了好久的疑問，「明儀，說實在的，就算讓妳找到顏立堯，妳打算怎麼辦？」

「嗯？」

「找到他之後，妳是不是想要繼續跟他交往？」

我看著面帶複雜神色的湘榆，發現自己根本答不上來。

我當然是想要繼續和顏立堯在一起。但是，顏立堯呢？說不定他已經不喜歡我了。

坐在返回學校的火車上，忽然喪失自信。我懂了，湘榆是想婉轉地點醒我，顏立堯的想法並不一定和我一樣。

「我喜歡妳，眞的好喜歡妳，蘇明儀，妳要永遠記得這件事，這是我的眞心話。」

顏立堯不在身旁的這段期間，我才領悟到，原來要相信那句話是需要多麼大的勇氣。

我強壓下落淚的衝動，看看周圍乘客，想藉此轉移和顏立堯相關的事情，卻意外發現一個眼熟的背影。探頭再仔細看清楚，坐在前五排靠走道位置的男生眞的是程硯！

哇啊！好尷尬，雖然我也講不出到底在尷尬什麼，但我抽回身，暗自祈禱他別發現我也在同班列車上。

程硯一隻手靠在扶手，正在閱讀一本書，當我再次從後方偷偷打量他，他仍舊讀得很專心，而我看著看著都開始出神了，好羨慕他對任何事的自信，還有專注得不被干擾的精神。

說也奇怪，這樣一直望著他沉穩的背影，原本又雜亂又低迷的思緒，便沉澱了。

程硯對顏立堯又怎麼想呢？他們曾經很要好很要好，現在會不會也跟我一樣，有被捨棄的感覺？

列車到站後，同車廂的人忙著排隊下車，這時他才發現我，露出驚訝表情。我向他笑一笑算是打招呼，然後我們又被離站的人潮沖散。

我打算到車站對面等公車，不過這個紅燈時間好久，有位計程車司機過來纏住我，不斷問我要去哪裡。說價錢可以談，給他們做生意的機會，不然都生存不下去了……他看準我不擅於拒絕又被紅燈卡住，因此緊咬著我不放，偶爾就是會遇到這種特別難纏的。

「蘇明儀！」

有人叫我。程硯朝我們走過來，他手拿一把車鑰匙。

「我的車在那裡！」

我見到救星般飛奔過去，巴不得離那個計程車司機愈遠愈好。

跟著程硯走到一家寄車行，正想向他道謝，他卻先一步要我在這邊等一下。

不多久，程硯將機車領出來，從置物箱拿出兩頂安全帽，將其中一頂交給我。我接在手上，還傻愣愣杵在原地。

他躊躇一下，才說：「不介意的話，我載妳回宿舍。」

「……謝、謝謝。」

等我戴好安全帽，這才警覺到現在的場面才是眞正的「尷尬」，沒有扶東西我不會上機車啦！

坐在機車上的程硯回頭瞥瞥我，八成猜到我的爲難，又把頭轉回去。

「妳怎麼坐都好，快上來吧！」

「喔！」

我左手搭住他左肩，盡可能不加太多力道在上面，然後以最快的身手跨上機車後座。

「好了。」

他等我出聲才發動車子，以限速內的速度穩穩地騎向大馬路。我抓住後扶把的左手……怪怪的，碰過程硯的肩膀後就變得不像是自己的手，透過襯衫還能清晰感覺到肩膀暖燙的溫度和結實的硬度，一碰到就像有電流竄入手心，眞的怪怪的。程硯似乎也意識到那短暫的碰觸，他本來透過後照鏡在看我坐好沒有，又把眼睛移開。

我垂下頭，本來也想避開和他照面，卻又觸見我和他相隔不到五公分的距離。除了顏立堯以外，我從沒和其他男生這麼靠近，忽然有種窒息的感覺。好像很久不曾有過因爲突發的情緒而影響到呼吸的情況，自從顏立堯不在之後，這還是頭一次……我有點抱歉……

顏立堯，你爲什麼不在這裡？

程硯載我回女生宿舍，不料那裡出現好多對男朋友送女朋友回來的情侶，這裡一處，那裡一處，大家都約好了是嗎？

「謝謝喔！」我把安全帽還給他，想到剛剛一路上都沒交談，這會兒可不能再那麼見外了，於是跟他聊起安全帽的事。「你車上隨時都準備兩頂安全帽啊？」

該不會是女朋友的吧？我可不敢這麼問。

「這樣比較方便。」

他的回答也妙，聽不出到底有沒有女朋友。

「那個……除了謝謝你送我回來，還有在車站的時候幫我解圍……」

他看看手上的安全帽，又看看一旁難分難捨的情侶，最後才讓目光停留在我身上。這點他和顏立堯不同，程硯不會直勾勾地注視別人，就算他對那個人友善也一樣。

到現在，我還滿腦子都是顏立堯，他好像存在於我的日常生活中，怎麼也分割不了。

「下次妳要回家，打電話給我，如果我有空，可以載妳一程……妳要回學校時也一樣。」

聽見他願意當我的司機，我也不曉得在害臊什麼，「那、那樣太麻煩你了啦……」

「我們是同鄉。」

他似笑非笑地彎一下嘴角，說句「拜」就騎車離開了。

那是第一次……程硯把我當作自己人，我好高興。

我們交換了手機號碼，回到寢室後，眼尖的室友早先目擊到我和程硯一起出現在宿舍門口，死纏爛打地要我招供程硯是不是在追我。

我強烈否認，便躲去浴室洗衣服。其實也沒髒衣服，但還是硬抓了兩件去洗。

程硯在車站出面解圍，真的好意外！以我對他的了解，他並沒有路見不平拔刀相助的英雄情懷，他只求井水不犯河水，別干擾到他就好。如此冷漠的程硯今天竟然特地過來救我，私心猜想，也許是因爲我是顏立堯的女朋友吧！他是不是認爲自己有義務必須特別照顧我呢？

希望他別那麼想，因爲沒有顏立堯，我也能過得很好。

在籃球場上我答應過顏立堯了啊！

之後，我又去參加了幾場聯誼，比較常聯絡的則是第一次聯誼時遇到的那位有耳洞的男生，他眞的不錯，開朗又體貼，室友們都對他讚譽有加。

有一次他約我看電影，我們在櫃台排隊買票時，恰巧遇見程硯和他同學路過此地，他就在大馬路的對面，剎那間我心驚膽跳了一下！我確信他看見我了，我們的視線隔著那不算太遠的距離交會了一兩秒。

是我先心虛地別開臉，程硯則若無其事地走了，而我就是……無法忍受這沉重的壓迫感，內心深處並不希望他見到我和別的男生在一起，總覺得……顏立堯正透過他的眼睛，看著我。

當天回到宿舍，我莫名其妙地痛哭一場。

湘榆聽過我對耳洞男生的描述，對他也很有好感，屢次勸我要把握機會。

「對了！等一下我們班幾個同學要跟學伴見面，妳也一起來吧！」湘榆興致勃勃地提議。

「啊？不要啦！我這外校生去湊什麼熱鬧。」

「哎呀！女生多一點，那些男生才高興呢！」

湘榆霸道地把我拖去她們學校，他們約在咖啡廳，今晚就是耶誕夜，這邊校園也洋溢著狂歡的氣氛，走沒幾步就會出現耶誕舞會的宣傳海報提醒夜晚的到來。

「不如妳留下來吧！和我一起參加完舞會再回去？」湘榆一想到這點子就雀躍得不得了。

「我才不要，妳這麼搶手，到時候哪有空陪我？」

「放心，這次我有把大叔拉下海喔！他答應會過來晃一下。」

「我哥？怎麼可能！他以前一聽到『舞會』兩個字就說『又不是在拍灰姑娘的卡通』。」

我信誓旦旦地反駁完畢，一旁的湘榆早就沒理我了，她淨是直視前方，動也不動。我循著方向望去，費一番工夫才從那些散發歡樂氣息的學生當中認出哥哥的身影。不同的是，他身邊多了一個女孩，蓄著個性美的及肩短髮，T恤加牛仔褲的簡單裝扮，臉蛋清秀漂亮。

等他們走近，哥哥也發現我們，有些不知所措，看來他還沒有讓我們認識那位女孩的準備。

打過招呼後，女孩大方地跟我們交談。「妳是明儀對不對？我看過妳的照片，然後這位是湘榆吧？」

湘榆沒搭腔，她始終用警戒的態度打量這位不知打哪冒出來的學姊。後來我們才知道，原來哥哥延畢是有原因的，他故意被二一，好和小他一屆的女朋友多相處一年，將來一起畢業。

哥哥老早就祕密地交女朋友了！他還痴情得出人意料！

他女朋友給我的印象很好，只是湘榆怎麼辦？

「拜託，千萬不能讓爸知道這件事。」

哥哥一掃被抓包的困窘，態度強硬地要我替他保密，他女朋友大笑三聲，豪邁地賞他一掌。

「不要拖你妹下水啦！大不了我陪你去跟你爸自首。」

「自首什麼？我又沒做什麼！」

他用手肘拐開她的掌，兩個人打鬧起來。眞不妙，他們很登對耶……

他們邀我們一起去晚餐，我婉拒，直到那兩人離開我們的視野，湘榆都沒吭氣，只是垂著頭，還不能從重大打擊中恢復。

「湘榆，找個機會跟我哥說吧！說妳喜歡他。妳說過的呀！沒有告白的『喜歡』沒有意義。」

大概聽進我的話，湘榆重新抬頭，目送哥哥離去的方向，其實早就看不到他了，但湘榆卻專注得彷彿哥哥還在她頑固的視線裡頭。

「湘榆？」

「不行啦……」

「嗯？」

「明儀，不行啦……」她的聲音哽咽起來，傷心地閉上眼，「也有不能告白的時候啊……」

我看著一向堅強樂觀的湘榆哭了，自己的眼淚也不知所爲地掉下來。

爲了追隨哥哥腳步，湘榆千辛萬苦地考上哥哥的學校。然而哥哥同樣爲了他心愛的人，甘願浪擲一年的光陰。

所以她不能把這些年的心意說出來嗎？

「嗚嗚……」她在大庭廣眾之下抱住我，放聲大哭，「大叔渾蛋！」

愛情的甜美曾經令湘榆快樂美麗，愛情的苦澀也讓她迅速成長。

當天她放了學伴鴿子（這也不是第一次了），我陪她在家裡大哭一場，哭累了，也慢慢想通了，她坐在床上環抱雙膝，抽噎地發問：

「明儀，一個人在同一個時刻只能喜歡上一個人，這點我做得很好，對不對？」

「嗯！妳做得很好。」

「好吧！既然這一個時刻已經結束，那我就要肆無忌憚地去獵食了！」

「呵呵！」我被她逗笑，懶懶地靠在她身上。

我們兩個女生在耶誕夜賴在一起，好久好久都沒人再出聲說話，這種無聲勝有聲的陪伴很有療癒效果，湘榆再開口時反過來鼓勵我。

「妳也一樣喔！明儀，忘了那個人，好好去談一場戀愛吧！」

我凝然一會兒，輕輕闔上眼。距離顏立堯離開已經過了半年，所有的大學都沒有顏立堯的消息，而我周遭的人也漸漸地……開始要我忘記他。

他們認爲如此一來我會比較好過，卻不明白那是要把我一部分的靈魂掏掉才能辦到的事呀……

爲了陪伴湘榆，我在她家留得特別晚，確認她沒事之後，我才搭車返回學校。不料半路上，火車卻在沒有任何月台的地方停下來，停了約莫五分鐘，廣播說前方有事故，所以要在這邊暫停半小時。周遭乘客紛紛猜測是不是有人臥軌之類的，我才不管呢！看看手錶，已經快十一點了耶！我會不會趕不上十二點的門禁啊？

下場果然很慘，當我努力衝回宿舍，大門卻在三分鐘前關閉了。

我絕望地面對無情的大門，周圍還有兩三個同樣沒能趕上的女生，不過她們開始拿出手機聯絡，有的向外宿的朋友求助，有的則把男朋友叫來。只有我，孤立無援地環顧四周，既沒有男朋友，也沒有外宿朋友的電話……

只要打電話向其他同學問也問得到，不過最後還是沒那麼做。我走到附近一間麥當勞，拿出一本在火車上打發時間的小說，打算在那裡度過一晚。

即使到了深夜，外面還是不減耶誕節熱鬧的氣息。路上人車很多，大概是剛從哪場舞會散場出來的吧！似乎每年的耶誕節氣溫都會下降，然而即使是寒冷的低溫，這個特別的節日還是給人溫暖的感覺。我拄著下巴，出神看著做出雪花效果的落地窗，置身在這麼適合和情人相聚的美好日子，會有一絲絲疼楚。

顏立堯也是一個人過耶誕節嗎？或是身邊已經有人了？

我常常憶起耶誕節時我們交換禮物的情景，還有挨著頭一起觀望溫馨櫥窗的畫面，今天格外想念他……

這份思念如此強烈，總覺得這一刻這一秒如果不能見到他，一定就會這麼死去。我想你，是這麼地想念你……你會在哪裡過節呢？

包包中的手機鈴聲響起，我如夢初醒，觸見來電顯示是程硯，些許意外。

「喂，我是程硯。」他還是一樣禮貌，儘管聲音聽上去有點不穩定。「妳在宿舍嗎？」

「呃……」我本來想騙說「是」，但在程硯面前就是怎麼也無法說謊，「沒有，我在麥當勞。」

他又問清楚是哪間麥當勞，便說：「妳等我一下，我馬上過去。」

不多久，程硯果眞很快就來了，他說是湘榆打電話給他，要他幫忙看看我有沒有及時趕回宿舍。

這湘榆……自己明明剛失戀，居然還想到要關心我，害我感動得亂七八糟。可是，爲什麼她偏偏要找程硯嘛？

我最不想麻煩的人就是他，只是，爲什麼呢？見到他出現在落地窗那一頭的身影，內心深處有某種類似火種的暖意，慢慢循環擴大。

「妳知道現在幾點了嗎？爲什麼不找妳外宿的同學？都多大的人了還不懂得照顧自己。」

程硯一到，劈頭對我又凶又嚴肅地訓話，除此之外，他還很生氣。老實說，我眞的嚇一跳，程硯雖然並不平易近人，倒也沒見他動怒過。他沒有大聲吼我，不過單是看他眉頭緊蹙，聽他毫不留情的責備，我就明白他現在非常地氣我。

「我想，她們也許還在約會，不想打擾她們，而且……」我知道他罵得很對，同時也被罵得想哭，「今天不想被問……有沒有跟誰一起過耶誕節……」

程硯聽完我的話，默不作聲，我們兩個就這樣在店內僵持一會兒，他才語帶歉意，「我跟我們班女生不熟，沒有她們電話，可能沒辦法幫妳找到過夜的地方。」

「不用麻煩啦！我本來就想在麥當勞過一晚的。」

「……好吧！」

咦？好什麼？他二話不說就去拿架上雜誌，朝我放東西的座位方向走去，然後在隔壁位置坐下。我原本想告訴他不用陪我，但直覺那鐵定又會討罵，於是乖乖到他身邊坐好。

接下來超級不自在，他沒有跟我交談的打算，兀自看起雜誌，好像可以就這麼持續一整晚。我相信他可以，他是個相當能夠處之泰然的人。我就不行，不到五分鐘便認爲自己應該說點什麼才對。

「那個……如果你想回宿舍休息，我、我是無所謂……」

我是想說，男宿沒有門禁，如果他想帶我到男宿去，我沒意見，聽說很多女生也這麼做過，大家早就見怪不怪了，程硯也不用陪我在外面餐風露宿。只是這種話由女生自己提，很、很不好意思呀！

他瞟了我一眼，又繼續看雜誌上介紹的最新車款。「女生到那種地方不好。」

哇！好丟臉喔！

我紅著臉不敢抬頭，倒也慶幸他拒絕那個提議，說眞的，要去整屋子都是男生的地方，總是怕怕的。

大概是察覺到自己不夠體恤，程硯語氣變得柔和，向我解釋他不贊成的理由，「除了妳的安全考量之外，進出那種地方總是對女孩子的形象不好。跟男生生活過就知道，他們私底下對女生的評論很難聽。」

「嗯！」

原來程硯考慮得這麼多啊！對他眞抱歉，明明是平安夜，卻害他跟我一起淪落速食店。

「你有沒有去參加舞會？」我聊天似地探問。

「沒。」依稀，他俊逸的嘴角閃過一抹無奈的笑，「我不受女生歡迎。」

這點我有耳聞，程硯確實擁有不錯的外表和優秀條件，不愛搭理人的個性卻老讓女孩子卻步。眞可惜，只要好好相處過，就會曉得程硯其實相當體貼。

「是她們不了解你，我就會喔！會跟你一起參加舞會。」

一秒後，我才想到這時間舞會都結束了啊！說起來高中時代的土風舞也沒能和他共舞一次，我們在跳舞這件事上眞的那麼沒緣分嗎？

程硯愣一愣，又不看我了，可是他也沒在看桌上雜誌。再過半晌，他才吭聲：

「去也沒用，我不會跳舞。」

「呵呵！並不一定要會跳舞才去跳舞呀！兩個人一起踏步、轉圈圈，就是跳舞囉！」

「那個不叫跳舞，就只是踏步、轉圈圈。」

「……只要覺得是跳舞，就是跳舞囉！」

「明明就不是跳舞，要怎麼覺得是跳舞？」

我開始無言，現在是怎麼回事？爲什麼原本很單純在聊跳舞的事，會演變成有點火氣的對槓呢？冷靜，要冷靜，蘇明儀，繼續跟他認眞就輸了。

「將來有一天，我們有機會一起跳舞的話，你就會明白我的意思。」

聽我信口下了這個結論，程硯沒來由笑一下，微小的喉音，還是被我聽見。

「你笑什麼？」

「『有一天』其實是不好的名詞，『有一天』通常是被寄予希望卻永遠不會來到的日子。」

他感傷的說法使我想起顏立堯也那麼悲觀地形容過星星，他說星星代表永遠也沒辦法實現的願望。爲什麼不同的兩個人會有這麼相近的想法？純粹是好朋友的緣故嗎？或是，他也想起高中時代好幾次的錯過呢？

見我惆悵地安靜著，他淡淡反問：「沒人邀妳去舞會嗎？」

「咦？」

我支支吾吾。那個耳洞男生的確問過我要不要一起去舞會，當時他問得好誠懇、好叫人動心。

「蘇明儀，就算妳和別人在一起，也沒有人會責怪妳。」程硯看穿我拒絕耳洞男生的原因。

我怔怔然望著他，沒來由心痛。

「……你為什麼說這種話？是不是連你都認為我再等下去也是沒用的？」

他一陣猶豫之後才回答，「我的意思是，妳可以做任何對妳最好的事，即使那件事非得要妳和阿堯做切割，也不要緊的。」

我吸吸鼻子，他話裡的寬容並沒有為我帶來任何救贖，反而更加不捨。

「當初，是我答應他不過問任何事，他為什麼要分手、要搬去哪裡……這些都不問。我最近在想，我是不是太高估自己的能耐了，明明現在想知道他的下落想瘋了，那時為什麼不乾脆抓著他問清楚呢？」

「就算答案不是妳想聽的，妳還是想問清楚嗎？」

我抬頭，逡巡程硯略顯煩憂的神情。這回他沒避開我的注視，反而更加投入，他不像在詢問我，而是提出一項頗為困擾他的疑惑，「比起不幸的眞相，善意的謊言不是更好？

人爲什麼非要渴求眞相不可？」

「誰都不想被騙呀！不是嗎？」

「有時，謊言像一道門，眞相就在另一邊，我們卻不知道那邊有什麼等著自己，硬要把門打開的結果，如果是不幸的開始呢？」

他眞誠地問，那份眞誠爲什麼如此令人忐忑不安？

「你是不是知道些什麼？」

我再也忍不住了。程硯卻斂起他方才探究的精神，將注意力轉回那本雜誌上。

「如果是阿堯的下落，我不知道，這已經告訴過妳了。」

我繃緊的神經猶如被海水沖垮的沙堡，霍然崩塌。

「對不起，我知道你告訴過我，只是……」不是不信任程硯，我只是太想抓住一線希望。我抱歉地對他笑一笑，「你能不能說一些顏立堯的事？」

「什麼事？」

「嗯……比如他從小到大發生過的糗事呀，他喜歡和討厭的事物啦，我想知道你所認識的顏立堯。」

我要他講的事需要說很多的話，照理說那根本不符合程硯的個性，不過今晚他破例講了好多。

他不停歇地說，我專心聽著，凌晨的孤清就在對顏立堯的回憶中靜悄悄化散了。程硯說到那些誇張的趣事時，我還咯咯笑了起來，眼角卻擠出一點淚水。總之，我又哭又笑地聽程硯說，覺得自己眞的有毛病。不過呢，一直以來總是牢牢想抓住什麼的心情一點一點地鬆開，有關顏立堯的大量回憶不斷湧進來。原本是負荷不了的，但這個晚上，思念有了宣洩的出口。

不再緊抓不放，就看得見坦然的出口。

「耶誕快樂。」

熄燈的街道某處，傳來隱約的耶誕歌曲，程硯忽然用他蕭索的嗓音那麼對我說。

我望進他溫柔的眼眸，薄薄的嘴角淺淺揚著笑。我微微回他一個笑，「耶誕快樂。」

那個耶誕夜，我注意到有個對程硯非常特別的人會傳送簡訊給他。

當我們聊到一半，手機作響，他會暫停對話去看收到的簡訊，一面看，一面會心一笑，很高興的樣子。

那樣敞開心房的程硯是相當罕見的，後來我也見到過幾次，都是他在收到簡訊過後。收簡訊的日子通常是節日，過年、端午節那一類的節日。

問他是誰，他則避重就輕，只說：「是個朋友。」

是女朋友吧！偶爾我會那麼猜想，這個時候會莫名地感到一絲孤寂。

我真的有毛病是吧？程硯又不是我的專人看護，我不能跟小孩子一樣賴著不放，總得學堅強一點，起碼，要跟程硯一樣堅強才行。

大二開學，我和程硯還是選修相同的日文課，可是新學期一開始他就非常不對勁。上課的時候明顯地心不在焉，是靜不下心的焦慮。有時會拿出手機看個一兩眼，又煩躁地收回去。

想必是非比尋常的煩惱吧！

中秋節過後，從不蹺課的程硯突然無故缺席。看著少了他人影的教室，出奇地不習慣。日文課總是連續兩堂一起上，我在下一堂也跟著蹺課，然後像隻無頭蒼蠅到處尋找程硯的人，找了半小時，終於讓我在他系上大樓後門發現他。

後門外頭還有一小處空地，平常不太有人去，也就疏於整理，深秋的落葉厚厚疊在雜草上面。他坐在後門的矮階，頹廢得簡直不是我所認識的程硯。

當我踩響一地落葉，他才受驚地抬起頭。我有沒有看錯？劉海後方的眼眶……眼眶紅紅的。

「你還好嗎？」

「妳來幹什麼？」他迅速把臉轉開。

「你沒上課，我有點擔心。」

「就算沒去上課，課程我還是能應付。」

他的回話依然很「程硯」，但此時此刻就是激怒我。

「我又不是在擔心那個，你沒來上課很反常嘛！」

「這種小事不用妳擔心。」

他還是拒人千里，巴不得我丟下他不管一樣。我眞的火大了。

「擔心不行嗎？我們班來念這所大學的就只有我們兩個而已，我把你當作相依爲命的朋友……難道除了顏立堯之外，這世界上沒人能夠當你肝膽相照的朋友嗎？」

最後那句話我是過於誇大、賭氣了。然而當我提到「顏立堯」的名字，他動搖一下，緩緩轉過頭來。我永遠忘不了當時的程硯，像個無助的孩子，他失去一切的神情已經回答我的問題，是啊！這世界上是再也找不到第二個像顏立堯那樣的朋友了。

我是不是傷到他了呢？

「程硯。」我在他面前蹲下，「去年耶誕夜我學到一件事，很痛苦、很痛苦的時候，一直忍住，只會讓它像汽球一樣膨脹，並不會過去。要讓痛苦離開，得幫它找一個出口才行啊！雖然我不是顏立堯，還是可以當你的出口。你不用告訴我原因，垃圾桶什麼都會接收的。」

他沒有做出任何回應，泫然欲泣地與我對望，在下一刻出乎意料抱住我！

那個擁抱來得太突然，我往後跌坐在地，還因此呆愣了好一陣子。會意到是怎麼一回事之後，看看伏在我身上的程硯，他的臉整個埋進我小小的肩窩，他寬寬的背彷彿正忍受著什麼劇痛而輕輕抽搐。我小心翼翼將手放在他身上，發現程硯眞的在發抖，他緊緊環住我的力道如此強烈，我的手臂竟開始發疼起來。

說眞的，我被嚇到了，還強裝鎭定。

「不要緊，不要緊……」

我摟著他，只是安慰他「不要緊」，一遍又一遍，卻不曉得到底該重複幾遍才能撫平這場傷痛。

我想，程硯受的傷一定比我更重吧！不然他也不會靠著我，狠狠地、狠狠地無聲痛哭。

熱鬧無憂的夏天早已過去，我們的生活轉眼間已充滿濃濃秋意，時間過得愈久，計算時序的方式也愈來愈含糊，我們失去顏立堯的日子到底經過了幾個春夏秋冬？

唯一可以確定的是，那一天起，再也沒見到程硯收到那個人的簡訊了。

儘管各自都有難熬的關卡，我、湘榆、程硯在經過一段時間的磨練後，一一回到原來的步調，過著平凡人的生活。

大二下學期我在校園撞見那個耳洞男孩交女朋友了，兩人親密地和我擦肩而過時，他還靦腆地向我點點頭，我回給他祝福的笑臉。眞好，幸福永遠都俯拾即是，只要留心周遭事物就會發現它美好的蹤跡。

我留在原地目送他們時而說笑時而推鬧的背影，好久都捨不得眨眼。曾經我也擁有過那麼快樂的笑容呀……如今幸福遠去，才眞正看清楚幸福的樣貌，然後一陣暖意襲來，所有的一切一下子又模糊了。

大三春天，湘榆從手機那端捎來好消息，她交男朋友了，是同系的學長，既穩重又懂得照顧人，把湘榆這位公主伺候得無微不至。

我和那位學長見過兩次面，外形並不出色，忠厚老實型的，相當耐看，愈看就愈滿意。

沉浸在愛情的湘榆極力想把我一起拖下水，拚命介紹男生給我。我說順其自然吧！結果直到大學畢業始終沒交男朋友，巧合的是，程硯也一直一個人。

孤家寡人的我們又考上同一所研究所。湘榆知道後，便開始盤算要把我們兩人送作堆，她可理直氣壯了，「妳一直單身，他也一直單身，加上又是同一所高中、大學、研究所，這不是天作之合嗎？你們註定是天生絕配啦！」

「妳在講什麼啦！怎麼看都是巧合而已。我們是朋友耶！不要想歪，想歪程硯會翻臉喔！」

湘榆扁著嘴，斜視而來的目光在我身上溜來溜去，突然又正經八百，「是不是罪惡感的關係？妳會有罪惡感，他也會有罪惡感，乾脆就維持現狀，是不是這樣啊？」

我無措地失去言語。不願意承認，卻又找不到否認的理由。

就這樣，我們在沒有顏立堯的日子裡，一步又一步地朝未來前進，一天又一天，變成大人。就讀研究所的期間，我來到目前賃租的公寓，認識又酷又宅的護士Sandy當室友。

是的，漫長的人生當中，我們總會遇到某些人，然後又不得不和某些人道別，生命就是這樣來來去去。

然而，不論季節如何更迭，歲月如何變換，藏在時光中一個特別的點，心，凝在那裡，在我們和顏立堯共同歡笑悲傷的那裡。

如今，我已經二十四歲了，還像小孩子一樣常常看著星星默默祈禱，祈禱程硯所說的那「有一天」會化作奇蹟來到，而我就能再見到他了。

——再美的夢總該有清醒的時候，就算再痛苦、再煎熬，真相會化作一條路，一條通往未來的路，然後一切都會過去。

【第十一章　夏日】

自從顏立堯在那個月台告別大家，沒有人知道他去了哪裡，包括程硯。

程硯的確不知道他的下落，他並沒有說謊。

「不過，阿堯不定時會傳簡訊給我，多少知道他的一些近況。」

一聽到「簡訊」，我立刻張大嘴巴！該不會他大學時代所收到的那些神祕簡訊，寄件人就是……

「怎麼了？」他奇怪我異常的驚訝。

「呃……我一度以爲那些簡訊是一個叫盈盈的人傳給你的。」

「我妹？」

「咦？你妹？」我瞪得更大。

「盈盈是我妹，我沒說過嗎？」

我傻愣愣搖頭。我曉得程硯有個妹妹，而且也理所當然地認爲他妹妹名字也會依循哥哥名字的取法，單取一個字，好比「程盈」，這樣才對嘛！

「我知道了，她的小名是盈盈吧！」

「不，她就叫程盈盈。」見我一副完全無法理解的模樣，他納悶地問：「我妹的名字很重要嗎？」

「不是……啊，也是，不過，知道那是你妹妹就好。」

我混亂地說完，才發覺到那句話有哪裡怪怪的，程硯大概也會意到什麼弦外之音，和我不自然地交錯視線。五月夜晚的涼爽，相形之下，清風拂過的臉龐更像是燃燒的燙熱。

我和他不約而同就此打住，不讓無以名狀的情感延續下去，是我們的默契。

程硯回到方才的簡訊話題，他說升大二那年的暑假收到顏立堯一封不尋常的簡訊。

「阿硯，我超想去隔壁國小痛痛快快地跑個幾圈，接下來不論會發生什麼事，都不管了！對了，事情如果瞞不住，有封要給蘇明儀的信，我藏在保健室喔！拜啦！好友。」

他讓我閱讀那封簡訊，看著非常「顏立堯」的口吻，我的眼淚立刻「咚」地掉在手機螢幕上。他好像還在呀！還在發出這封簡訊的另一端，好好地活著。

程硯還說，從此便不曾再收過來自顏立堯的簡訊，他等了一整個暑假，直到過完中秋節也沒等到顏立堯的隻字片語，原本就有的不詳預感強烈告訴他，顏立堯或許已經不在了。

所以剛開學那一陣子他顯得格外焦慮，當希望幾乎確定落空，他沒去上日文課，而是抱著我，爲那怎麼也不能說出口的哀悼痛哭。

那時我才領悟到程硯爲我做的，比我想像中還要多好多。情深義重的他是用什麼樣的心情幫顏立堯守密？又是用什麼樣的心情陪伴在不知情的我身邊呢？

「阿堯國三運動會那天回家後，就被醫院檢查出有心臟病，有的人屬於小時候正常，長大後才被檢查出來。阿堯的情況除非換心，不然應該是撐不過二十歲。他不要在學校有差別待遇，所以不肯讓老師向同學公開這件事。可是後來他覺得應該對他前女友坦白，眞的去說了，過幾天那前女友就說要分手，她沒辦法接受一個時日不多的男朋友。阿堯事後雖然能諒解，也很難過，所以，在決定跟妳交往之前，他煩惱很久。」他歇一歇，意味深長地看我一眼，「現在妳知道他爲什麼要跟妳約定分手了吧？」

「既然早就決定要分手，當初又爲什麼要和我交往呢？」

「……太喜歡妳了吧！」

心一揪，斗大的淚水再度潰堤。眞正讓我感到難過的是，在顏立堯悲傷的時刻我無法理解他，他生命中最後的那一年我也沒有陪伴在身邊……

當年在鐘樓他是用什麼感觸安慰我沒有媽媽這件事？聽著我爲他慶生時所描繪的未來，是不是曾經壓抑過一道絕望？我怎麼會那麼殘忍……

「我也很喜歡他……很喜歡……」我傷心得不能自已。

「在我們交往的這段期間我會全心全意地喜歡妳，把生命都投注進去的全心全意。」

那年冬天，蒼冷的天空下，他在斑剝的圍牆旁對我真誠告白，自信滿滿得宛如國王一樣，把生命都投注進去的全心全意，他並沒有吹牛。

我最喜歡的那雙明亮眼眸，早已在我痴痴等候他的時光中默默逝去，而我還在每一張相似的臉孔上尋找顏立堯專有的溫柔神采。

得知所有眞相的這一晚我哭得傷心欲絕，有幾次哭到幾乎換氣不過來，當時心裡想就算和顏立堯一樣死去也沒關係，這份傷痛實在太令人無法承受。

「放心吧！他知道的。」

不知何時，我已經靠在程硯胸膛了，他的淡色襯衫被我哭花一大片。程硯輕輕摟著我的背，奇怪的是，我並不覺得好過，反而有絲絲痛楚從他的指尖滲進我體內，心，很酸很酸，這心酸是雙份的，有一半是來自程硯。

「明天我們去找吧！找阿堯給妳的信。」

他稍稍退後，提醒我那封信的存在。我仰頭，含淚凝視他，Sandy暗示過程硯喜歡我，湘榆好幾次想說服我和他在一起。說我沒感受到他的心意是騙人的，再遲鈍，我也分辨得出眾多人中程硯格外在乎我，對我特別好，好到我曾經鼓起勇氣捫心自問，是不是喜歡上他了……

可是，不行的。既然已經知道顏立堯自始至終深深為我著想的那份心意，不回報是不行的呀！

祕密就跟謊言一樣，雪球會愈滾愈大，為了隱瞞一個祕密，和它有關的事也不得不都成為不可言喻。直到如今真相大白，那些祕密化作一個個稀薄的光點，綴在初夏亮麗的夜空中，在每一次我們懷抱著想念心情而仰頭觀望的視野中，成為永遠也實現不了的願望。

既漫長又無解的這些年，就像走著怎麼也看不見出口的迷宮，有時遇到無法動彈的瓶頸，只好又另尋其他可行的路走。這一路走得不輕鬆，幸好有程硯相伴，走著走著，該走到終點了。

程硯回望我的眼神流動著無奈與感傷，我想他一定也預想到，這或許是我們同在的最後一個夏日了。

昨晚回到住處，Sandy破天荒地離開電腦，拿出她珍藏的紅酒來。

「喝吧！」

她也沒出言安慰，只是幫我們斟滿酒杯，熄了燈，在黑暗中陪我度過一晚。

我一面喝著香氣怡人的紅酒，一面啜泣，整個客廳只有電腦螢幕跑起保護程式的亮光閃閃爍爍。

經過一個晚上的冷靜，翌晨，程硯開車載我返回老家所在的城市。

離開這裡前後不過一天，心情卻有大大的不同。曾經想過要打電話告訴湘榆，但是，好困難，我沒辦法說出顏立堯死去的這件事，總覺得那對他好殘酷。

那麼外向開朗的他，肯定無法接受罹病的事實吧！一個人住院，要好的同學、朋友都不在身邊，會不會寂寞？

「我錯了，和妳在一起……並不是一場會輸的比賽，是我贏了！」

為什麼月台上他會說出那種話？我沒能為他帶來任何奇蹟，就連陪他最後一程也做不到，對不起，讓你把賭注押在我身上……

想著想著，眼睛又濕了起來。往後，我大概也會懷著一份悲哀的歉意繼續思念顏立堯吧！程硯注意到我正偷偷拭淚，並不多說什麼，將車子轉往我們的高中母校。

程硯向警衛說明我們是校友，想來找昔日教過我們的老師。警衛很好說話，一下子就採信我們的說法，只要我們留下訪客資料就可以進去。

真是觸景傷情，這裡滿滿的、滿滿的都是我和顏立堯共處的回憶，連呼吸都覺得胸腔會陣陣抽痛。我和他回家時會一起經過的校門口、打鬧追逐過的穿堂、閒聊時所待過的停車棚、他親吻過我額頭的教室走廊……

「還好嗎？」

走在前頭的程硯一度放慢腳步關心。我點頭，給他一個安好的笑臉。

我們來到保健室，當年的美女林老師已經離職了，聽說這幾年還換過兩個保健室老師，現在這位是媽媽年紀，慈眉善目的。

她聽完我們要來找一封信的來意覺得不可思議，不過還是笑咪咪地說：「年輕人眞好，想法就是又古怪又浪漫。」

不過，雖說是要找信，還眞的毫無頭緒，顏立堯那封簡訊也沒說清楚信的確切位置，我甚至懷疑頑皮的他是不是故意要惡整我們。說到底，沒事幹麼把信藏在保健室呀？

結果，我和程硯快把整間保健室翻遍了也找不到半封信。我坐在椅子上休息，程硯則站在窗邊，一句話也不說地眺望外頭上體育課的學生。半晌，他側過身，臉上有著恍然大悟的明亮，「會不會是我們想錯了，那封信並不在這裡的保健室。」

「咦？」

「妳還記得班上那位同學見到阿堯的公園嗎？那個公園是在我們國中附近，阿堯那次不假外出應該是去藏信的，所以我們要找的應該是國中學校的保健室才對。」

我還想不透原因，程硯卻催我趕快上車，不多做解釋，直接開往我們的國中母校。

我對國中的回憶還算清楚，那三年來和顏立堯並沒有密切的交集，當時的他連我的存在也不知道呢！

我們加快腳步來到保健室，對於這裡的記憶更加陳舊，在我腦袋早已塵封泛黃，我得花點時間才能想起一些細節的部分。比如擺在這裡的床鋪原本是比較低矮的，藥品櫃的位置應該靠那面牆才對，以前的窗戶有好多窗格子，而不是現在整面都是玻璃的落地窗。

我們各自環顧四周，程硯打斷我回憶的思緒，問：「阿堯會把信藏在哪裡，妳有沒有什麼想法？」

我困窘地語塞，如果是在高中也就罷了，我們置身的地方是國中耶！勉強要說和顏立堯有那麼一丁點交集，除了國三那場運動會……

運動會！我迅速掉頭，面向那座從歲月洪流中存留下來的櫃子，櫃子外表生鏽掉漆，毫不起眼地被擱在角落，看起來像是棄置不用的。

我望著櫃子，恍然間，它的桌面浮現一杯麥茶的影子，呈現琥珀色的玻璃杯凝結著冰透的水滴，彷彿下一秒就要滑落下去。

夏日陽光照在它身上的模樣逐漸清晰起來，我的視線卻緩緩迷濛。在那裡，我十分確定，確定得簡直能夠見到顏立堯笑著說，快打開呀！就在這裡。

我走上前，用發抖的手打開第一個抽屜，空無一物。不對，抽屜底部靜靜躺著一封信，被透明膠帶固定在底部，信封上很厚臉皮地註明，「請勿丟棄，我女朋友會來拿」。

眞叫我啼笑皆非。一一撕開那些膠帶，我拿著他的信，心臟跳動得很用力，爲了久別的重逢而興奮鼓動著。

事後，聽這裡的保健室老師提起那段往事。某天顏立堯擅自跑來，用他三寸不爛的金舌說服老師讓他把信收在抽屜，還要求別把櫃子搬走或丟掉，後來老師答應他，附帶了不敢保證能夠留多久的前提。

「沒關係，真的留不住了，就讓它去吧！」顏立堯率性地說出那番別具意義的話。不過，顏立堯，我來了喔！我來找你了，找得好辛苦、好辛苦呢！就算最後只有一張白紙黑字，你看，我還是找到你了吧……

我抓皺了信掩住臉，悲喜交集地落下眼淚。

「我到外面走走。」程硯留下我一個人在保健室，體貼地出去了。

坐在靠近窗口的床沿，我將淡綠色信紙從信封中取出。攤開，顏立堯熟悉的藍色筆跡整齊地映入眼簾，午後的金光穿透留長的髮絲和輕薄的信紙，在屋內灑滿懷念的夏日氣息。

我獨自在寧靜的保健室，和久違的顏立堯相見。

嗨！蘇明儀：

妳知道嗎？其實我一直很想叫妳明儀的，那樣聽起來多像女朋友，誰叫妳一開始給我的怪反應太傷人了。我怎麼扯到這裡來啊？明明有很多話想告訴妳，眞的要下筆的時候就完全沒頭緒，亂尷尬的。重來一遍好了，那，妳好嗎？妳一定很好的吧？我不是基督徒，畢業後卻常常爲妳祈禱，希望妳已經走過一切難關，正精神百倍地迎向未來，即使那裡沒有我的存在，妳依然能夠做到在籃球場答應過我的事，考上妳想上的學校，然後和很多新朋友喝茶逛街。雖然我很不甘心，但就算妳交一百個男朋友也沒關係喔！

妳知道我的病了吧？它害我不得不放棄最愛的跑步，所以，我喜歡看妳跑步，也討厭看妳跑步，那總會提醒我所失去的。不過仔細想想，我得到的也不少，我遇見妳了不是嗎？和妳在一起的日子好快樂，快樂得好像這輩子這樣就足夠了，我眞的常常那麼想。

我待的醫院隔壁是一間國小，從我的窗口就能看見他們操場，每天都看著小鬼們在那裡又跑又跳，我覺得我已經忍到極限。要在這顆心臟完全衰壞以前等到一顆合適的心臟，簡直比登天還難，與其抱著這種戰戰兢兢的心情等下去，我決定到那片操場去痛快地跑一跑！別人或許會罵我又笨又傻，但，蘇明儀，妳一定能了解吧！那種唯有跑步才能帶來的快感，沒有什麼能取代。我會一面跑，一面想著妳，帶著生命中最愛的兩件事，肯定是沒有遺憾了。

對了！可不可以別怪阿硯？他是被我死纏爛打好幾萬次才勉強答應守密，其實他一直很生我的氣，氣我什麼都不跟妳說，氣我決定要一個人去住院，氣我開口拜託他照顧妳。我相信他一定會遵守兄弟間的約定，只是對他很過意不去就是了。對妳也是呀！很抱歉什麼都沒對妳說清楚，抱歉讓妳一直糊里糊塗地當我女朋友，抱歉最後要勉強妳跟我分手，還有，最抱歉的是，我沒能長命百歲，沒能一直陪著妳。天知道在籃球場的時候我眞的很想開口要妳嫁給我，不論生老病死、富貴貧窮、幸福悲傷，蘇明儀，妳願意嗎？（喂，我現在眞的好想面對面那麼問妳。）

這個病是不會有奇蹟的，但我的人生卻充滿奇蹟，妳是我的奇蹟。在我離開之後，如果妳還能過得很幸福，就是奇蹟。

對妳而言，我是一個祕密很多的人吧！現在，我告訴妳一個謎底，妳曾經問過我的。生病這種事太爛，我就不讓它當我最後一個祕密了。我最後的一個祕密是，在國三運動會那天的保健室，我就是在那個時候喜歡上妳的。

P.S. 我在天堂見到妳媽媽了，她說她跟我一樣，很喜歡妳喔！

顏立堯

這一路千辛萬苦地走來，終於來到這裡，我以爲我的眼淚已經所剩無幾，沒想到顏立堯的信又讓我的淚水傾瀉決堤。那是當然的，我對他的思念無止無盡，眼淚自然也不會有流光的一天哪！

在保健室大哭一場以後，我又待了一段時間才離開。

一到戶外，迎面而來的陽光刺眼得叫我不得不揚手遮擋。情緒一放鬆，才留意到四周已經活躍起來了。藍的天，白的雲，綠蔭綿延，蟬的叫聲在每個角落怒放，而程硯就靠在一棵大榕樹下，悠悠凝視操場上活潑的孩子們。他是無論何時何地都能怡然自得的人，儘管如此，此刻他的側臉還是抹不去淡淡悼意，在耀眼的金色光線中隱現著。

發現我來了，他站直身子，關心端詳我。我朝他走近，每走一步，腳步就輕盈一些。體內原本有一道深不見底的傷口多年來怎麼也好不了，然而現在它正一吋一吋地癒合。當初它是怎麼裂開的我不清楚，不過，如今我很明白它會痊癒，也許需要花上幾天、幾個月，但它一定會痊癒，這是顏立堯給我的奇蹟。

「需要再多留一會兒嗎？」他問。

「不用了，我已經可以繼續往前走。」

我精神奕奕地回給他這句雙關語，程硯聽完，只是輕輕一笑。

「很好。」

後來，Sandy透過關係，從她之前實習的醫院查到顏立堯搬家後的住址，我和程硯一起過去拜訪顏家，也問到埋葬顏立堯的地方，我們到那裡見他一面。那天，程硯的話比往常又少了許多，不過看得出他情緒很激動，雙手始終拳握。

做完這件重要的事，多年來心頭上的大石才算眞正落下。分手的時候他特意注視我很久、很久，才說再見。然後，我也不再有程硯的消息。

二十四歲的夏日，我連程硯也失去了。

「沒聯絡是什麼意思？你們有吵架嗎？」身爲上班族菜鳥的我終於逮到一個假日不用加班，特地去湘榆家玩。聽完我的敘述，湘榆百般不解。

「沒吵架。就是……沒有理由再聯絡吧！」

是啊！從以前到現在，程硯都是由於顏立堯這個原因才陪在我身邊，去同學會也好、尋找那封信也好，我和他一直以來是藉著顏立堯才有所交集。如今，眞相揭曉，信也拿到了，我們之間的聯繫似乎就應該這麼中斷，那些互相扶持的日子都成爲過眼雲煙。

見面的最後一天，他看我的眼神我其實懂的。

「就算是那樣，程硯會不會太絕情啦？沒有顏立堯還是可以跟妳聯絡啊！一起吃個飯不行嗎？通個電話問好不行嗎？幹麼閃得這麼徹底！」

「他沒有絕情，相反的，程硯爲我做的很多很多。」

這時，湘榆的老公幫我們送來一盤茶點，我客氣地向他道謝，湘榆毫不避諱地給他一枚親吻，然後趕他迴避女人間的談話。我好生羨慕，這種不用明講的陪伴眞好。

不對，其實早就有那麼一個人在我身邊，只是我太習慣他的存在而不曾察覺那份陪伴的重要……哇！又想飆淚是怎麼回事呀？

「那我問妳，妳又幹麼不主動跟他聯絡？」

湘榆將整盤手工餅乾遞給我，我心不在焉地拿起一塊，吞吐著，「我想，他之前會一直陪我，是出於同情和責任感的關係，不然依他的個性應該不喜歡別人再去煩他吧！」

湘榆聽我這麼說，出手把我指尖上的餅乾搶回去，老大不爽，「妳當眞這麼想嗎？妳眞的認爲程硯是那種人嗎？雖然我跟他沒有妳來得熟，不過我認爲妳把他看扁了。」

「……」湘榆罵得沒有錯。程硯不是那麼小心眼的人，是我太懦弱，不敢確認自己在他心目中的地位，害怕知道自己只是來自顏立堯的一個交代而已。

湘榆看出我的徬徨，她用力握住我的手，像是我們高中時代彼此打氣所做的那樣。

「既然現在失去顏立堯這個理由，那妳再重新找一個理由不就好了？一個專屬於妳自己想跟程硯見面的理由。」爲什麼湘榆說得好像我喜歡上程硯一樣？

假日過後，我又回到繁忙的上班族生活，有時忙得無暇思索私人的事，只在短暫的空檔，比如等影印機印好資料的那幾分鐘，會想起程硯也在同一個城市爲工作忙碌，他並不遠，卻也遙不可及。

我喜歡程硯嗎？這麼一想，心臟總會有近似糾結或是刺痛的感受。

除此之外，我過得很好。照著顏立堯的叮嚀，每天都很有精神地過生活。高中畢業後就開始和爸爸、哥哥一起慶生，變得比較喜歡自己了，不再認爲這生命是分虧欠。

然後，自從和程硯一別，時序又來到初秋。有一天，我向公司請假，一身輕便，獨自來到顏立堯最後奮力狂奔的國小操場，繞著紅土跑道一圈圈地走，想要稍微體會他最後站在這裡所懷抱的心情。雙腳踩在曬熱的跑道上感覺舒服極了，走著走著，又跑了起來。

跑步眞的好暢快，紛擾的思緒一一被甩到後方。我的世界愈來愈純淨，彷彿能同步感受到當年顏立堯在這裡奔跑的痛快，迎面而來的光景寧靜燦亮，像他的眼睛，程硯的眼睛。

他最後什麼也不說，只深深凝視我的眼睛，他對我說「耶誕快樂」的眼睛，他在圖書館和我討論起西瓜的眼睛，他在國三運動會的保健室曾經側頭望了我一眼的眼睛……

我在烈日下的跑道停住，彎著身不住喘氣，汗水不斷從兩鬢淌下，和著失控的情緒，一起滴在跑道上，形成小小的黑色圓圈。

胸口，好飽滿，我覺得……必須做點什麼不可！

我轉身，快步跑離這條跑道、這所國小、這缺乏勇氣的迷惑。

拿出手機，找到程硯的號碼，我撥打電話給他。

鈴聲響了三聲便被接起來，程硯能夠從來電顯示預先知道是我，所以出聲前有過一下的遲疑，「喂。」

「喂，我是明儀。」

「……妳怎麼那麼喘？」

「我剛剛、剛剛去跑步。你在哪裡？」

他又猶豫了，不是很想讓我知道的樣子，「我在我們的國中這裡。」

高鐵飛快的時速讓我不到一個鐘頭就從北部抵達南部，一路的急切，一到校門口便自然而然放慢下來。「學校」有著不可思議的力量，在那裡頭流動著獨特的步調、氣息與情懷。縱然已經是出社會的年紀，一踏上這裡的土地，就覺得又回到了學生時代。

現在正是上課時間，操場那裡卻傳來麥克風的廣播，不久又是學生唉唉叫的噓聲。我好奇地來到外圍的樹下，好多學生在操場圍成圓圈，台上老師一聲令下，他們才不情不願牽起隔壁同學的手，那片翠綠草地頓時升起既彆扭又尷尬的氣氛，看著那些國中生的表情，我禁不住笑出來，這個時候，才發現旁邊有人。

隔著幾棵樹，程硯就站在那裡，他似乎也是剛發現我，和我驚訝相對，略帶雜音的音樂從廣播器流洩出來了，是《第一支舞》。

在懷舊的旋律中，我們就這樣什麼話也不說地對望，程硯今天也穿得很輕便，渾身愜意，眼神和今天的雲絮一般輕柔，這麼巧，他今天也向公司請假嗎？

一見到他，我才明白自己是思念他的，非常、非常地思念。

操場上的學生隨著音樂起舞，沒有人注意到樹下的我們。這一排樹在仲夏時被修砍過，幾近光禿的短幹經過一兩個月又長出茂密釉亮的枝葉，但又尚未茂密到足夠形成樹帽的形狀，我和程硯正是處於這種什麼也不對的尷尬。

我們沒有人先移動，腳下距離猶如這些年精準維持下來的長度，不多一分，也沒減少一分。

「國三運動會在保健室，我很確定顏立堯沒看到我的臉。」我先開口打破沉默，提起這段故事的起頭，「是你告訴他那個女生是我嗎？」

誰知他的回答頗爲耐人尋味，「我記得我只答應過妳，不跟他說妳喜歡他。」

我微微臉紅，男生好壞喔！程硯比想像中多嘴，而顏立堯故意不動聲色的到底多久呀？「妳是爲了問我這個，特地來的嗎？」他也問我。

「……我沒那麼無聊。」

他聽我這麼說，又不講話了，繼續看場上跳得七零八落的學生，我們之間的聲音再次剩下三三兩兩的蟬鳴而已。

怎麼這麼難呀？我們這道鴻溝……會不會比我預期要來得巨大？

當初急於奔來的衝動沒辦法在我腦裡化作具體文字，我想不到該說什麼，只好也面向操場，看著那些青春洋溢的孩子踩起笨拙舞步，好多人一起做同樣的動作，一起踏步、轉圈，一起換舞伴，其實是滿好玩的畫面，只是現在的我再也不是加入那些圈圈的年紀了。

「我們……一直沒跳過舞呢！」

我在惆悵中喃喃自語，剛好是音樂停歇的空檔，所以他聽見了。

「什麼？」

「高中時雖然跳了幾次土風舞，不過我們一次也沒有一起跳過。還有，大學在麥當勞的耶誕夜，我也提過跳舞，但，都幾年過去啦？到現在我們還是沒跳過舞。」我側頭對他笑笑，「不覺得很不可思議嗎？再怎麼排列，總該有輪到我們一起跳舞的機率呀！」

他也雲淡風輕地笑，「也有零的機率啊！」

「零」那個字的發音，怎麼有幾分孤清……

有個短髮女孩不知什麼緣故從操場中脫隊，小跑步經過我們中間，清秀的臉龐被太陽曬出了蘋果紅，途中還好奇地瞥瞥我們。她的模樣有我當年的味道。

程硯目送她離開的背影一會兒，「其實，跟阿堯說出妳就是那個保健室的女生後，我超後悔的。」

「咦？」

「那原本是我一個人的祕密而已。」他出神的目光仍然守著失去女孩蹤影的視野，「所以，超後悔的……」

風來了，殘留些許夏日餘下的香氣，畢竟是秋天，溫度清爽了些，扯著髮絲搔拂我微醺的臉頰。聽他說出不像他會說的話，我好像回到那個初談戀愛的女孩，開心得要命，同時又想掩耳逃跑，是怕心臟會受不了了吧！

不過，我已經不小了，該問的，總該問清楚。

「高三的時候，你說你打了顏立堯，為什麼？」

「……他說了一句讓我非常生氣的話。」

「什麼話？」

「阿堯要我照顧妳，就算……最後在一起也沒關係。」說到這裡，他還沒轍嘆氣，「那個人有時候就是會說出很無厘頭的話。」

「那，你又為什麼生氣？」

這個問題讓他緘默了一陣子，操場那邊的音樂又開始播放，他一半的注意力被拉過去。「很多原因。比如，他擅自把照顧妳的責任丟給我，他把我當作會趁人之危的人……」

責任？那兩個字猶如揮之不去的夢魘，惶惶籠罩而來。

「對你而言，我是『責任』嗎？我們考上同一間大學和研究所，你說可以接送我往來車站和宿舍，耶誕夜那晚……一般人不會在那種時間還特地找我的，你卻來了……那些，都是因為我是『責任』的關係？」

而程硯沒有否認，「我答應他了。」

原來，自始至終是我誤會了，我以為就算程硯欣賞我的程度遠不如顏立堯，至少也覺得我這位高中同學不錯，值得彼此照顧，甚至，也許，有那麼萬分之一的機率，他會喜歡我。到頭來，一切都是他強烈的責任感使然，我連朋友的程度也稱不上。

我覺得、覺得……好難堪，好難過。怎麼辦？好難過……

「蘇明儀？」程硯發現我不對勁，想要近前探問，不料我卻退後，這令他再度止步。

「我告訴你，換作是我，也會狠狠揍顏立堯，因為他沒經過我同意就做出那種決定。然後，我也會揍你！這些年你對我的好，我都放在心底，很用心地放在心底，你卻說那是你的責任。雖然我應該心懷感激，不過你讓我成為你的『責任』，我非常生氣，非常生氣！」

見我難得大發脾氣，他看得發怔，可是我也在激動過後，感到一陣大澈大悟的悲哀，不好！鼻腔痛起來了。

「我今天來找你，不是為了問顏立堯的事。」我死心地垂下雙手，幽幽望住他，「是為了想見你一面才來的，只是這樣。」

當我真心坦誠，程硯只是吃驚地睜大眼，在原地動也不動，他本來就不是那種會有大起大落反應的人。

「真的沒什麼事，見到你就好，就好了。」

真的，我們大概就只能這樣吧！我輕輕嘆息，轉身準備離開。

「蘇、蘇明儀！」他情急地叫喚我的名字。才回頭，程硯已經從他那邊的樹來到我這邊，像陣風地來到，並且牢牢攫住我的手，陽光從我們頭頂上稀疏的枝椏直接灑落，我們之間的距離剎時蒸發得無影無蹤。我詫異地回望他，他掌心炙熱的溫度宛如他眼底閃爍的真摯亮光，波濤洶湧著。

不再冷如冰山的程硯，忽然變得跟夏天一樣。幾度的欲言又止，最終他還是脫口而出，「那時我會揍阿堯，最主要的原因是……他看出我的心情。我原本沒打算要讓任何人知道，可是那傢伙發現了，發現我和他喜歡上同一個女孩子。」

這一刻，動也不能動的好像是我。細細琢磨他的話之後，我心跳加速，不怎麼能適應眼前深情款款的程硯。

「阿堯因病過世之後，我告訴自己，妳只能是責任，和妳在一起那種事，我做不到。如果他沒有生病，如果你們沒有開始交往，我一定會毫不考慮地把妳搶走。可是他死了，這是改變不了的事實……所以我只有決定放棄。」

「你想過要放棄是嗎?」

他微微苦笑,「打從知道阿堯也喜歡妳的那一天起,大概想過好幾萬遍了吧!」

這麼嚴謹的人居然也會用「好幾萬遍」這麼不負責任的說法,我覺得好笑,眼眸卻情不自禁地濡濕起來。

「喂……我們該怎麼辦啊……?」許久,我們各自懷著滿腔激動不言不語,他一直握著我手,我也沒抽離開來,眼看操場那邊的土風舞就快接近尾聲,我才輕輕發問。

這時,他才放開我,失落感頓時襲來,竄入我空洞的手心。

「我相信妳對阿堯一定還有非常深的情感,經過再多年,他在妳心裡始終會佔據一個重要的位置,我明白的。蘇明儀,這也是我不打算再跟妳見面的理由,過去我和阿堯太接近,看到我,也許妳會想起他,還有其他傷心的事,我不想讓妳爲難。」

他專注的凝視飽含許多許多不捨,在我身上注入了幸福的酸楚。這個人是眞的喜歡我,那些年來默默的陪伴如此甘心無悔,想過好幾萬遍要放棄卻依然在我身邊,嘿!顏立堯,你眞的不會爲我高興嗎?

「所以,你還是決定不跟我見面?」

「……」

「好吧!」我離開他的注視,低下頭,伸出右手,穩穩牽起他的左手,「你就繼續決定不跟我見面，我呢，我就試著打破那個『零』機率的迷信。」

程硯不解地打量我，我抬起頭，迎上他美麗的黑色眸子，我的左手輕輕握住程硯的右手，然後微笑告訴他，「程同學，『有一天』，今天就是『有一天』。」

他還是沒會意過來，我已經拉著他隨著廣播器的音樂踏步、旋轉。程硯說過，「有一天」通常是被寄予希望卻永遠不會來到的日子。今天，我們打破那個零的機率，就從第一次開始。

你知道嗎？顏立堯，我不會忘記你的，會一直記著你，一直記到我頭髮花白，最後也上天堂的那天。然後又會再見到你。到那時候呢，我就會跟你說，喂，你不在我身邊的這幾年，我過得很幸福喔！我想你一定會因爲錯過那些精采的人生，而稍微感到不甘心吧！

「我告訴過妳，我眞的不會跳舞。」程硯一派「我不是隨便說說」的慌張與認眞。

「我知道，我知道。」嘴上說知道的我，還是繼續淘氣拉著他轉圈，儘管操場上的音樂早已終止，解散的學生們開始散去，我們還是跳著舞。

大量的學生朝我們這邊的樹下湧來，程硯顯得十分不自在，我們被人潮愈推愈近，幾乎要黏在一起，路過的學生還頻頻向我們張望，有的覺得奇怪，有的則在偷笑。

「他們在幹麼？」

「豬頭！在談戀愛啦！」

我們被推擠到另一棵樹下，動彈不得，我還因爲好玩而哈哈大笑，笑聲埋在程硯溫暖的胸口，他百般無奈地靠著樹，等著這群吵吵鬧鬧的學生通過，偶然一瞥，程硯嘴角懸掛恬淡的角度，將我護在懷裡的他看起來很溫柔，很快樂。而我們方才跳舞所牽握的手仍然在一起，未曾有人放開。

越過他臂彎，我看見剛剛那位髮型清湯掛麵，脫隊跑開的女孩又回來了，她站在司令台後方避開人潮的衝撞，尋覓的視線卻毫無攔阻地穿過人牆，落在我們附近。

「呀喝！解脫了！解脫了！」

有個格外活潑的男生興奮得幾乎要跳上其他朋友的背，爲了擺脫那場蠢土風舞而歡呼。

他的笑靨那樣閃耀，照亮女孩臉上青澀的悸動，撲通，撲通，撲通。

彷彿，有什麼唯有那個年紀才懂的祕密正悄悄在萌芽，在青春綻放的季節，在連自己都弄不明白的期待裡，有什麼……有什麼正要開始了。

——我們總在某段純真的時光藏了祕密在誰的心房，期待被回應，期待被了解，然後某一天，想起那年夏日般的溫暖燦爛，明知回不去，卻還深深感動。

【全文完】

番外篇　比賽

那是和盛夏相仿的十一月，他們高一。

「拿去，沒有麥茶。」

聽到程硯的聲音，看見他遞上來的礦泉水，顏立堯失望得誇張：

「沒有麥茶啊……」

「在運動會的時候找麥茶，才莫名其妙。」

「不然應該要喝什麼？」他又嘻皮笑臉起來。

「舒跑之類的。」

程硯淡漠應付完，掏出一張摺疊好的紙，隨即被顏立堯一手奪過去。

「你才莫名其妙，運動會背什麼單字？」

那並不是單字表，是一早從守在校門口的工讀生所遞來的傳單，上面寫了幾間頂大的校名和數據分析。

「只是看看。」傳單又讓程硯輕輕拿回去，沒有多想，反問朋友的打算：「你有沒有想去的大學？」

尾音剛落，程硯察覺方才的失言，難得露出悽惶神情。醫生說，顏立堯的心臟沒辦法讓他活過二十歲，起初，聽顏立堯自己報告這項預測，程硯還不能眞實體會那會是什麼樣子，最近，偶爾話題觸及到「未來」時，看著顏立堯，總有一道巨大鴻溝橫跨他們中間，他過不來，無法一起前進。

顏立堯無所謂，噗哧一笑：「我才沒有你那麼無聊的煩惱。」

操場傳來廣播，兩千公尺的接力賽即將開始，場外漸漸躁動，看得見好幾位選手川流其中，兩人默契地朝操場方向望去，一會兒，顏立堯索性雙肘靠在欄杆上，整個人安靜下來，眼前專注凝視的光景，恍然之間和國中時的運動會悄悄置換了。

「黃老師有煮麥茶，冰冰的很好喝喔！要喝嗎？」

當時躺在保健室的顏立堯整顆腦袋亂七八糟的，有自己紊亂的呼吸聲、賽場上的喧囂和炙熱，還有剛剛在跑道上跌倒的重播畫面，一想到那畫面，就懊悔萬分，如果是跑輸比自己還強的人也就算了，偏偏是因爲胸口突然痛到不能呼吸的關係。

所以當那個好聽聲音問他要不要喝麥茶的時候，他只有說不出為什麼的憤怒。誰管麥茶，現在什麼名次都沒有了。

後來，氣著氣著，睡著了，再次醒來，只見到那個女孩正要離開保健室的背影，紮著清爽馬尾，走進窗外流瀉進來的光線，變得若隱若現的透明。

短短一瞬，明明是淡到不能再淡的身形，卻以十分沉甸的份量烙在記憶中，一放就放了好久好久。

走出保健室前，顏立堯掙脫同伴的手，拿起那杯差點被遺忘的麥茶，一口氣喝光。無糖的琥珀茶色，還殘留清涼溫度，順著燥熱的咽喉滑下，有回甘的香氣。

「麥茶，應該是安慰獎吧……就算什麼名次都沒有，但幸好還有好喝的麥茶，所以運動會應該要喝這個才對。」

程硯看看顏立堯仍舊一臉思緒飄離的神情，不解他為何突然又提起麥茶。這時，起跑的槍聲響起，操場那邊加油聲雷動，選手們一個個快速繞行跑道，只是他們的班級打從一開始就落後，接過棒子的第二位、第三位選手無法力挽狂瀾，眼看差距和別班愈拉愈大。

「完蛋！太慘了吧！」面對自己班上的落後，顏立堯想起去年被遺留在賽場上動彈不得的自己，不由得心生抗拒，他掉頭想走：「不用看了，輸定了。」

「最後一棒是蘇明儀。」

程硯想繼續看到最後，那個名字成功留住顏立堯的腳步。最後一個接過棒子起跑的人正是明儀，他們目不轉睛的目光緊跟著她，看她快速的步伐馳騁跑道，追上一個，又追上第二個。明儀跑得非常快，看似輕輕鬆鬆，然而她認真的英氣表情比任何人都渴望往前奔跑，追上第三個，然後第四個。

班上同學為她加油的聲量鼓動起來，幾乎整個圓周旁的人都看著她從遙不可及的後頭一路追上，那嬌瘦的身軀到底潛藏了多麼巨大的爆發力。程硯原本懸掛的心逐漸放鬆，他轉向身旁的顏立堯，本來想對他說「不會輸了」，卻發現顏立堯凝望操場的眼睛浮現一層薄光，是複雜的光，蘊含快滿溢出來的悲傷，和感動。

明儀做到了當年他做不到的事，還有未來再也不可能做到的事。

「哇……」煞不住，她在一個過彎處撲進硬邦邦的胸口，抬頭，撞見滿臉詫異的程硯，趕緊退後，「對不起，對不起。」

程硯沒有責怪，先是安靜待著，明儀則伸手按住發疼的鼻子，下意識環顧四周一遭。

「妳在找誰嗎？」

「找你和顏立堯，要集合準備演習了。」

「我知道，國文老師剛剛要我把考卷送去辦公室。至於那傢伙，妳可以先回教室看看，說不定他已經回去了。」

明儀好奇端詳程硯在綠蔭下的臉龐，有一半乾淨好看的臉讓搖曳的枝葉陰影覆蓋，卻藏不住與生俱來的沉著氣息，不論在哪個季節，都是那麼穩定的存在。

只要他那麼說，彷彿事情就會照那樣發生一樣。

「好，我回去看看。」她笑一下，轉身跑走，消失在剛剛的過彎處。

等到聽不見腳步聲了，程硯才對一旁的樹叢說話：「還不趕快回去？」

地上枯葉被踩響，顏立堯冒出來，半抱怨回嘴：「幹嘛說我已經回去了？」

「你爲什麼要躲蘇明儀？」

「才不是躲。」

可是爲什麼想跟她拉開距離，爲什麼莫名害怕失去什麼，他也說不明白。程硯並不追問，再次冷淡趕他走：

「快回去，別讓人家找不到你。」

「好啦！好啦！」

他拔足朝教室奔去，徑直衝到教室門口，越過一片鬧哄哄的同學，急促的視線遇上明儀那搜尋而後尋見的目光。

她甜甜地安心了，他反倒覺得難受，胸口頓時繃得好緊，有點類似當初在運動會場即將倒下的前夕。

也許眞的該離她遠一點，免得無故引發心臟病。

接下來是火災時的演習，導師要大家依序下樓。說是依序，實際上很難辦到，魚貫下樓梯時遇到其他班級也在移動，大家在汗臭味充斥的樓梯間整個塞住，學生們覺得沒差，就地聊天說笑，間雜幾個不耐煩的抗議聲。

「這樣是要怎麼逃啦？」

「前面的趕快走好不好？我們後面擠死了！」

不知從後方哪邊來的力道，明儀這一帶冷不防被往前推擠，幾個人往前傾！

忽然一隻手拉住她胳臂，她驚魂未定往後看，看到顏立堯欲言又止的表情，沒來得及道謝，顏立堯也被擠下兩階，這下子和她並肩靠在一起。

「喂！不要再推啦！」

他朝後頭念一句，順便瞧瞧無事一身輕的程硯，程硯選擇最後一個離開教室，所以他附近很空，還有閒情拿著一本小冊背公式。

不意，顏立堯感到右手觸碰到一個冰涼的溫度，不很冰，卻比他的手還低溫，柔軟的觸感。不用低頭看，他也知道那是明儀的手。

該抽回來嗎？但是那樣好像太刻意，敵不動，我不動好了。

他的眼角餘光瞥見明儀原本直挺面對前方樓梯口的臉，微微偏向一邊，黑色髮絲下藏著漂亮小巧的耳朵，泛上一發不可收拾的粉紅色。平常凶巴巴得要命，爲什麼現在可以那麼可愛啊……

顏立堯手背若有似無貼著明儀的手指，彷彿再過一點點，再一點點……就可以牽手了。四周應該是喧鬧到不行的，他只感到一片空白的寂靜，世界這麼大，這一刻彷彿只剩下他們兩個人而已。心跳好快，胸口也揪得難受，他快要心臟病發了吧！不過……算了，即使如此，也好想繼續和她在一起。

他們之間依然沒有人開口、沒有人移動分毫，顏立堯面向逐漸疏散開來的學生，想必很快就可以從這擠沙丁魚的狀態解脫，於是他偷偷地、小心翼翼珍惜地……讓自己的手繼續擱淺在她手邊。

高二寒假，顏立堯動了手術，從加護病房轉入普通病房後第三天，程硯來探病，帶幾本運動和跑車的雜誌給他。

元氣恢復得慢的關係，顏立堯有一搭沒一搭跟他聊，程硯說起過年時節做了什麼。他們陷入沉默的時間比較多，一個沒力氣，一個話本來就不多。

「喂，要怎麼拒絕女生啊……」

顏立堯在一陣安靜空檔，冒出一個唐突問題。程硯定格住，從雜誌頁面緩緩抬頭，和他面對面僵持一會兒。

「我一定要回答這個問題嗎？」

「要，我已經從手術前煩惱到手術後了。」

「你不是很會？拒絕女生。」

「這一次……」他吐出一口氣，倒回枕頭，任性地決定不說完了，淨是安分盯著點滴瓶規律掉下的藥水，許久，才開口：「蘇明儀好像喜歡我。」

相較於那個「拒絕」的問題，他現在這句「好像」一點都不違和，就像點滴瓶中被大氣壓力緩緩擠出的透明液體，時間一到，自然會輕巧落下。

雜誌廣告內頁，一張眼睛神似明儀的模特兒照片，炯炯有神，程硯感到正和她毫無預警對視上，心，悸了一下，於是他匆促翻頁。

「拒絕，是因爲不喜歡她嗎？」

聽到那個不像程硯會問出口的彆扭問題，顏立堯尚未完全恢復血色的面容慢吞吞漾開一抹眞誠淺笑：「是因爲很喜歡啊！」

後來，在程硯做出任何回應之前，顏立堯的媽媽返回病房了，向程硯熱情招呼。畢竟知道眞實病情而來探望的同儕，只有程硯而已，媽媽歡迎都來不及。

程硯世故地和顏媽媽話一陣家常，表示告辭，他走出病房一步，停頓一兩秒，那短暫的片刻，一雙明亮眼睛飛快閃逝腦海。

前年五月她那在保健室和他對上的瞳孔，含著生疏而善意的距離，清澈得宛如冬天湖水；去年深秋她一股腦栽進他胸口時，笨拙昂起的眼神已不再疏離，而是多一分羞澀的慌亂，然而亂掉的，似乎是他的心跳節奏。

他在凜冽寒冬想起這些溫暖的事，那些小事要與他告別般鮮活浮現。

像是要切斷這一切，程硯閉一下眼，側頭，對顏立堯沒來由地說：

「沒辦法跑到終點也不要緊，蘇明儀，是你的安慰獎。」

目送程硯離去，顏立堯剛開始一頭霧水，媽媽還追問他「阿硯在說什麼事啊？」

顏立堯聳了肩，看看媽媽從便利商店買來的補給品，有礦泉水、熱敷袋、麥茶……，啊，麥茶是他指定的，沮喪的時候總是特別想喝，這習慣大概是打從國三那場運動會……

顏立堯小小「啊」一聲，終於明白程硯高深莫測的話。

那個深藏在心底、已經淡得幾近隱形的馬尾身形……隨著回憶加深，再度熨燙出溫柔亮度，把那一年夏天的失去與邂逅都照得耀眼無比。

「蘇明儀，我問妳，如果有一場註定會輸的賽跑，不管怎麼樣，最後肯定、絕對、百分之百會輸，妳還會下場比賽嗎？」

「無論再怎麼努力，一定會輸？」

「嗯！」

「嗯……我還是會參加。」

「爲什麼？」

「我不是爲了拿第一才去比賽，是因爲喜歡跑步才參加的。」

好久以後，即使明儀已不在身邊，最好的朋友程硯也朝著他到達不了的人生階段一步步前進，他依然感到幸福。

深深的幸福。

顏立堯永遠記得決定站上起跑線的那一天，那一天第一次眞的牽起明儀的手，那份溫度在他孑然一身的時候依然輕輕擁抱著他。之後，歲月流逝，全心全意笑著、哭著、生氣著、又開心著……縱然是吉光片羽。

那些吉光片羽的時間，總是閃耀了他明日的世界。

。後記。

夏天，靜靜地在玻璃罐裡

八月過了一半，農曆的時序早都立秋，以爲夏天就要這麼過去了，沒想到今天踏進辦公室之前，發現走廊上有一只蟬殼，我站在原地看了許久（其實也不知道是在看什麼意思），心裡喃喃獨白著，「原來蟬眞的會在意想不到的地方脫殼呀……」

故事裡，顏立堯和蘇明儀告別的那個月台上也莫名其妙出現一只蟬殼，兩人還爲此小小討論一番，啊……我眞喜歡月台那個橋段。其實在執筆的當下，我自己是這麼嗤之以鼻，「那種地方哪可能會出現蟬殼」，然而爲了引起那一對兩小無猜討論，就眞的肆無忌憚地寫下去了。那天，我辦公室外的走廊窗户是關上的，蟬殼到底是打哪來的問題著實讓我苦思一會兒。我當然想不透，最後只好看看豔陽高照的窗外，雖然聲音不大，但我好像聽見哪裡還有蟬兒在寂寞鳴叫著。看來夏天的離開並不是太乾淨俐落，總會留一點點尾巴下來，在意想不到的地方。

去年的八月我沒在寫小說，去年的去年八月我也沒寫（因爲剛寫完一本《是幸福，是寂寞》），所以嚴格算起來，已經有兩年沒出書，啊，先說聲好久不見了。這次再提筆，有點想不起從前下筆的感覺，因爲想不起來，所以又有點怕怕的，害怕自己會做錯什麼一樣。後來，聽見編輯思帆說：「這就像久沒騎腳踏車，剛騎上去也會稍微怕怕的。」我才領悟到我不是做不到，只是還需要慢慢適應。

如今，又說完一篇故事，那期間和Sunry抱著一份革命情感互相打氣，感覺很充實，眞要謝謝她有情有義的陪伴。擁有能讓自己全心投入的事物眞的是一種幸福，特別是即使我尚未準備好，身邊的鼓勵總是不曾間斷，則是另一種溫暖的幸運。你們讓我在以爲自己是孤單不足的時刻，提醒我從前一直支持我寫下去的炙熱信念還在，縱然它一度稀薄得幾乎不見，但，它的確存在著的，就像夏日的餘溫，經過一次季節的循環又會再回來了。

喔！對了，那只蟬殼後來怎麼啦？後來我隨手拿了手機拍照，就不知道該拿它怎麼辦了。我不敢抓，更不願意把它掃掉，就請同事的孩子來幫忙。她是一個曾經迷上蟬殼的八歲女孩，很勇敢地把那只不知名的蟬殼放進她收藏用的玻璃罐，於是這一年的夏天，還靜靜地關在那裡。

晴菜

二〇一〇年八月二十六日

。新版後記。

保留一塊回憶青春的餘地

後來還是決定不改了。

我是說十五年前的《夏日最後的祕密》。十五個年頭其實可以改變許多事，人生觀、價值觀、愛情觀……希望我的寫作也因此長進了一些。再次翻閱好久以前自己寫過的文字，總會時常陷入納悶：「爲什麼會這麼寫啊……」手啊、心啊，都癢癢的，好想重寫一遍，帶著時光飛逝後此刻的思緒，把那些復古篇章一一翻新。

今天點開電影版《夏日最後的祕密》的預告，看著活生生的蘇明儀、顏立堯和程硯說起熟悉的話語，忽然打消修改舊稿子的念頭。這個故事不是在二〇二五年以嶄新之姿重新存在於這個世界了嗎？那些角色所揮霍過的青春我也曾經擁有，是我已經走到他們還沒能走到的年紀，又想插手過去，就像多數不放心的大人一樣。

至少，在書本中、在電影裡，好好保留一塊回憶青春的餘地吧！

因此，決定不改了。

晴菜　二〇二五年三月

國家圖書館出版品預行編目(CIP)資料

夏日最後的祕密／晴菜著. -- 二版. –
臺北市：商周出版，城邦文化事業股份有限公司出版：
英屬蓋曼群島商家庭傳媒股份有限公司城邦分公司發行, 2025.04
288面；14.8×21公分
ISBN 978-626-390-484-2(平裝)

863.57　　114002470

線上版讀者回函卡

夏日最後的祕密

作　　者／晴菜
企畫選書／楊如玉、陳思帆
責任編輯／陳思帆、魏麗萍

版　　權／吳亭儀
行銷業務／周丹蘋、林詩富
總 編 輯／楊如玉
總 經 理／彭之琬
事業群總經理／黃淑貞
發 行 人／何飛鵬
法律顧問／元禾法律事務所 王子文律師
出　　版／商周出版
城邦文化事業股份有限公司
台北市 115020 南港區昆陽街 16 號 4 樓
電話：(02) 2500-7008　傳真：(02) 2500-7579
E-mail：bwp.service@cite.com.tw
發　　行／英屬蓋曼群島商家庭傳媒股份有限公司城邦分公司
台北市 115020 南港區昆陽街 16 號 8 樓
書虫客服服務專線：(02) 2500-7718 · (02) 2500-7719
24 小時傳真服務：(02)2500-1990 · (02) 2500-1991
服務時間：週一至週五　09:30-12:00 · 13:30-17:00
郵撥帳號：19863813　戶名：書虫股份有限公司
E-mail：service@readingclub.com.tw
歡迎光臨城邦讀書花園 網址：www.cite.com.tw
香港發行所／城邦(香港)出版集團有限公司
香港九龍土瓜灣土瓜灣道 86 號順聯工業大廈 6 樓 A 室
電話：(852) 2508-6231　傳真：(852) 2578-9337
E-mail：hkcite@biznetvigator.com
馬新發行所／城邦(馬新)出版集團 Cité (M) Sdn. Bhd.
41, Jalan Radin Anum, Bandar Baru Sri Petaling, 57000 Kuala Lumpur, Malaysia
電話：(603) 9057-8822　傳真：(603) 9057-6622
E-mail：service@cite.com.my

版型設計／小題大作
封面繪圖／文成
封面設計／山今伴頁
書衣設計／周家瑤
電腦排版／浩瀚電腦排版股份有限公司、闕雅云
印　　刷／高典印刷有限公司
經 銷 商／聯合發行股份有限公司　電話：(02) 2917-8022　傳真：(02) 2911-0053
地址：新北市 231028 新店區寶橋路 235 巷 6 弄 6 號 2 樓

■ 2025 年 4 月二版一刷
定價／ 330 元

ISBN 978-626-390-484-2(平裝)
9786263904866(EPUB)

Printed in Taiwan
城邦讀書花園
www.cite.com.tw